KB024864

나의 이상하고 평범한 부동산 가족

표지 설명

책의 가장 위쪽부터 아래쪽까지 제목인 '나의 이상하고 평범한 부동산 가족'이 큰 글씨로 쓰여 있으며, 가운데에 저자 이름인 '마민지'가 있다. 표지 중앙에는 저자 마민지가 어린 시절 부모님과 쉐라톤 워커힐 호텔에서 찍은 가족사진이 아날로그 텔레비전 안에 들어가 있다. 가운데 텔레비전 사진을 중심으로 여러 대의 아날로그 텔레비전이 흩어져 있고 각 텔레비전 안에는 옛날 사진이 들어가 있다. 오른쪽 위에 있는 텔레비전에는 저자가 갓난 아기일 때 아파트 거실에서 부모님과 찍은 가족사진, 왼쪽 위에 있는 텔레비전에는 저자가 성인이 되어 부모님과 찍은 가족 사진, 왼쪽 중앙에 있는 텔레비전에는 저자가 어머니와 앤티크풍 식탁에서 생일파티를 하고 있는 사진이 있다. 표지 가장 아래에는 강남의 빌딩 숲 전경 사진이 있다. 책 하단에는 출판사 클의 로고가 있다.
이 표지 설명은 표지 디자인을 청각으로도 전달하기 위해 2쇄에서 추가되었다.

나의 이상하고 평범한 부동산 가족

1판1쇄 펴냄 2023년 8월 30일
1판3쇄 펴냄 2024년 4월 24일

지은이 마민지

펴낸이 김경태 | 편집 홍경화 한홍비
디자인 박정영 김재현 | 마케팅 김진겸 유진선 강주영
펴낸곳 (주)출판사 클
출판등록 2012년 1월 5일 제311-2012-02호
주소 03385 서울시 은평구 연서로26길 25-6
전화 070-4176-4680 | 팩스 02-354-4680 | 이메일 bookkl@bookkl.com

ISBN 979-11-92512-42-6 03810

이 책은 저작권법에 의해 보호를 받는 저작물이므로 무단 전재 및 무단 복제를 금합니다.
잘못된 책은 바꾸어드립니다.

나의 이상하고 평범한 부동산 가족

마민지

차례

5장. 결국 터져버린 버블

서울특별시 송파구 오륜동 올림픽아파트 115동(46평)

6장. 가족과 가난에서 벗어나기

서울특별시 송파구 오금동 상가주택(12평)

7장. 요지부동산搖之不動産 가족의 이야기는 계속된다

서울특별시 강동구 강일동 공공임대주택(15평)

프롤로그

우리 집이 망했다

서울특별시 송파구 오륜동 올림픽아파트 107동(34평)

여름방학이 끝나고 추석 연휴가 오기 전, 아직 날씨가 후덥지근하지만 하늘은 조금 높아져 가을이 오고 있다는 것을 알 수 있을 만한 그런 계절이었다. 나는 초등학교 5학년이었다. 그날 공기의 습도와 문을 두드리던 사람들의 소리, 심장이 두근거려 손목의 맥박이 요동치며 뛰는 느낌은 20여 년이 지난 지금까지도 생생하다.

평소처럼 친구들과 하교를 했다. 마지막에 남는 사람은 나였다. 하나둘 인사하며 친구들을 떠나보내고 나면 단지 내 아파트 중 학교로부터 가장 멀리 있는 곳에 사는 나는 혼자 걸어가게 된다. 평소처럼 경비 아저씨에게 인사를 하고 엘리베이터를 기다렸다. 엘리베이터는 꽤 오랫동안 천천히 올라갔다. 가방 앞주머니에서 열쇠를 꺼내 대문을 열고 들어가면 하얀 몰티즈가 반가워하며 짖었다. 강아지 이름은 '위커'였는데 영어 이름이 아니라 '위가 커서' 많이 먹는다고 '위커'였다. 과자를 까먹으며 투니버스를 보거나 롤러코스터 타이쿤, 심즈 같은 게임을 하면 금방 해가 기울었다. 완전히 깜깜해지기 전에 엄마가 먼저 집에 돌아와 저녁밥을 차려주었다.

그날은 재미있는 프로그램이 없어 리모컨으로 채널을 이리저리 돌려가며 소파에 누워 있었다. 갑자기 초인종이 울렸다. 곧이어 '쾅, 쾅, 쾅' 문 두드리는 소리가 들리더니 "계십니까?" 물었다. 위커가 현관을 향해 짖기 시작했다. 나는 급하게 텔레비전 소리를 무음으로 하고 현관 밖에 귀를 기울였다. 그리고 아무도 없는 척을 했다. 그전에도 가끔 누군가 집에 찾아올 때가 있었다. 주로 아빠를 찾는 사람들이었다. 아빠는 혼자 집에 있으면 절대로 문을 열어주지 말라고 했다. 나는 익숙하게 발뒤꿈치를 들고 걸어 다니며 집 안의 형광등 스위치를 껐다. 밖에서 수군거리는 소리가 들렸다. 현관문으로 조심스레 다가가 현관문 외시경으로 확인해보았다. 두 남자가 경비원 아저씨와 함께 서 있는 것이 보였다. "아무도 없나본데?" 서류에 무언가를 적으며 한 남자가 말했다. 경비 아저씨는 "아까 애가 올라갔는데…"라며 말끝을 흐렸다. 잠시 정적이 흐르고 나서, 남자들은 다시 문을 두드렸다. 이어서 초인종 소리가 몇 차례 더 울렸다. 몇 분이 흘렀을까, 엘리베이터가 도착했고 사람들이 돌아갔다.

혹시 그 사람들이 다시 올라올지도 모른다는 생각에 몇

분 정도 더 숨을 죽이고 기다렸다. 조심스레 텔레비전 소리를 키웠다. 다시 소파에 누워 과자를 먹으며 안도의 한숨을 내쉬었다. 그런데 갑자기 집 안의 모든 가전제품에서 뚝 끊어지는 소리가 나더니 텔레비전이 함께 꺼졌다. 정적이 흘렀다. 거실 형광등 스위치를 켜보았지만 반응이 없었다. 냉장고도 전기가 나가 있었다. 두꺼비집을 열어 차단기를 올려도 소용없었다. 가스레인지 불을 켜보니 가스는 새어나왔다. 화장실 물도 나오는 것을 확인했다. 아파트단지 전체가 정전되었나 싶어 거실 창밖으로 다른 집들을 살폈다. 몇 년에 한 번 정도이지만 종종 아파트단지 전체가 정전되곤 했기 때문이다. 그런데 맞은편 아파트 거실에는 텔레비전이 켜져 있었다. 이상했다. 혹시 우리 아파트 건물만 정전이 된 것일 수도 있다는 생각에 일단 경비실에 찾아가기로 했다. 엘리베이터 버튼을 눌렀다. 아파트 엘리베이터는 작동이 되고 있었다. 나는 1층으로 내려가 경비 아저씨를 찾아갔다. 경비 아저씨는 안타까운 표정으로 아까 사람들이 와서 우리 집만 전기를 끊고 갔다고 했다. 내일 다시 와보라고 이야기해봤지만 소용이 없었다고, 집에 애만 혼자 있는데 전기를 끊었다고 중얼거리며 혀를 찼다.

아무 가전제품도 작동되지 않는 집에는 고요한 정적이 흘렀다. 점점 해가 지고 있었다. 다섯 시 무렵이 되면 엄마가 퇴근하니 조금만 더 기다리면 되겠다 싶었다. 냉장고가 작동 안 하면 안에 있는 음식이 모두 상할까봐 걱정이 되었다. 냉동실도 금방 녹아버릴 것 같았다. 강아지 위커는 밖에서 소음이 들려올 때마다 짖었다. 해가 넘어가기 시작하니 금방 공기가 푸른빛으로 바뀌었다. 이제 혼자 집에 있는 것이 무서워지기 시작했다. 다섯 시가 넘었는데도 엄마는 오지 않았다. 나는 집에 있는 동전을 긁어모아 집 밖으로 나갔다. 가장 가까운 공중전화 부스로 가 엄마와 아빠에게 차례로 전화를 걸었다. 초등학생이었던 나는 휴대폰이 없었다. 아무도 전화를 받지 않았다.

혹시 엄마가 저녁 장을 보고 있을까 싶어 집 앞에 있는 마트로 향했다. 마트 코너 구석구석을 돌아다녀보았지만 엄마의 모습은 보이지 않았다. 경비 아저씨를 보기 괜히 창피해 아파트 입구에는 있고 싶지 않았다. 집 안으로는 더더욱 들어가고 싶지 않았다. 마트 옆 계단에 앉아 혹시 퇴근 후 장을 보러 오는 엄마와 마주치기를 바랐다. 엄마와 손을 잡고 마트에 들어가는 또래들을 보니 부모님이 야속했다. 시간이 더디게 흘렀다. 답답함이 들 때마다 공중전화 부스로 향해 전화를 하거나 마트를 한 바퀴씩 돌았다. 어느새 한 시간이 넘게 흘러 있었다.

완전히 날이 저물고 가로등이 켜질 무렵이 되어 마트로 향하는 길목에서 퇴근하는 엄마와 마주쳤다. 엄마는 왜 내가 밖에 나와 있는지 의아해했다. 오늘 고객과 약속이 있었는데 부재중 전화가 와 있는 줄 몰랐다며 휴대폰을 그제야 확인했다. 엄마는 아직 어떤 상황인지 모르고 있었다. 괜히 엄마에게 화가 났다. 엄마는 경비실에 들러 무슨 일이 벌어진 것인지 물었다. 경비 아저씨가 한참 설명을 했고, 나는 엄마 뒤에 죄를 지은 사람처럼 서 있었다. 엄마는 최대한 당황하지 않은 척 웃으며 이야기를 나눴다. 착오가 있었던 거 같다며 남편과 상의를 해보겠다고 했다. 엘리베이터를 타고 올라가는데 서러움에 눈물이 터졌다. 엄마는 전화를 일찍 확인하지 못해서 미안하다고 연신 사과했다.

현관문을 열고 집으로 들어가자 서늘한 기운이 느껴졌다. 집 안이 아주 깜깜했다. 모든 것들이 어둠 속에 파묻힌 것처럼 보였다. 얼마 지나지 않아 아빠가 집에 도착했다. 아빠는 휴대폰으로 관리실에 전화를 했다. 밀린 전기세를 납부하기 전에는 전기를 다시 연결해줄 수 없다고 했다. 나는 그게 얼마인지, 지금 당장 내면 안 되는 건지 물었고, 밥은 어떻게 먹고, 샤워는 어떻게 하고, 숙제는 어떻게 하느냐며 울었다. 엄마는 내일이면 아빠가 해결한다고 하니 오늘만 좀 참자고 나를 달랬다. 아빠는 실내복으로 옷을 갈아입으며 얼마 밀리지도 않았는데 전기를 끊어버렸다고 나지막이 계속 욕을 했다.

아파트단지 전체가 정전이 될 때면 집집마다 촛불을 켜고 전기가 다시 들어오기를 기다릴 때가 있었다. 어른들이 밖으로 나가 어수선하게 삼삼오오 모여 상황을 공유하고 있으면, “저 집도 촛불 켜놨다!” 하며 거실 창으로 불빛이 너울거리는 모습을 하나둘 세보는 게 퍽 재밌었다. 다음날이면 친구들과 어제 1단지가 정전됐다느니, 우리 집도 촛불을 켜고 있었다느니 각자의 모험담을 나누었다. 하지만 오늘은 우리 집에만 촛불이 켜져 있었다. 맞은편 아파트 거실마다 텔레비전 불빛이 새어나오고 있었다. 위아랫집 세탁기 돌아가는 소리도 들렸다. 평소에는 안 보이고 안 들리던 것들이 유난히 크게 보이고 크게 들렸다. 엄마는 가스버너를 꺼내 요리를 했다. 식사를 하는 동안 엄마와 나는 아빠를 원망하는 소리를 몇 마디 던졌지만 이내 말문을 닫았다. 아빠는 내일 아침 관리사무소 문이 열리는 대로 밀린 돈을 모두 낼 테니 걱정하지 말라고 신신당부했다.

텔레비전이 켜지지 않는 거실에선 가족들끼리 할 일이 없었다. 아빠는 일찌감치 안방으로 들어갔다. 엄마는 냉동실에 있던 음식들을 급한 대로 아이스박스에 옮겨두었다. 화장실에 초를 가지고 들어가 세수를 하던 나는 혹시 귀신이 나올까 무서워 엄마에게 옆에서 계속 말을 걸어달라고 했다. 자기 전 엄마와 함께 침대에 누워 바라본 보름달은 평소보다 훨씬 밝아 보였고, 달빛이 비추는 집 안 풍경은 낯설었다. 그날은 우리 집이 망한 날이었다.

1장

우리는 중산층 가족

서울특별시 송파구 오륜동 올림픽아파트 115동(46평)

처음엔 모든 게 평화로웠다

아빠가 성실하게 일하며 가장의 역할을 충실하게 행하던 때가 있었다. 언제나 단정한 정장 차림의 아빠는 반질거리는 구두를 신고 머리를 깔끔하게 빗어 넘긴 채 집을 나섰다. 아빠는 자기 사업체를 운영하는 사장님이었다.

초등학교에 입학하면서 '호구 조사'가 시작되었다. 학기 초가 되면 재생지에 인쇄된 가정통신문이 배포되었다. '가정환경 조사서'라는 이름의 그 종이에는 부모의 학력과 직업을 적는 칸이 있었고, 집이 자가인지 전세인지 월세인지, 또 아파트인지 다세대 주택인지 빌라인지를 표시하는 칸이 빽빽하게 나뉘어 있었다. 나는 아빠의 직업 칸에는 '건축사업', 엄마의 직업 칸에는 '가정주부'를 적었다. 우리 집은 자가 아파트, 텔레비전 한 대, 자동차 한 대, 가족 구성원은 세 명, 가훈은 '착하고 슬기롭고 아름답게'.

90년대는 '중산층'이라는 키워드가 사회적 화두로 떠올랐다. 88 서울올림픽 이후 살림 수준이 나아지면서 스스로 중산층이라 인식하는 시민의 비율이 60%에서 많게는 80%까지 되었다. 1991년 KBS 수목 드라마 〈우리는 중산층〉과 MBC 아침 드라마 〈말로만 중산층〉이 인기를 끌었다. 너도나도 '중산층'인 시대였다. 서울역사박물관에는 80년대 중산층 아파트가 재현되어 있을 정도이니 그만큼 '중산층'이라는 개념은 경제적 지표를 넘어선 하나의 시대적 표상이나 다름없었다.

그런 의미에서 우리 가족은 '중산층'이었다. 엄마는 그럭저럭 건축사업을 하며 자주 이사를 다니다가 80년대 중반에 둔촌주공아파트에 입주해 정착한 뒤로 우리 가족도 '중산층'이라고 생각했다. 1980년 입주를 시작한 둔촌주공아파트는 1976년 완공된 잠실주공아파트를 제외하면 강동구와 송파구 일대에서는 가장 최신식의 대규모 아파트단지였다. 몇 해 동안 둔촌주공아파트에 살던 엄마는 단지에서 길 건너에 있는 올림픽선수기자촌아파트를 눈여겨보고 있었다. 이곳은 서울올림픽에 참가하는 선수와 기자의 숙박시설로 이용될 아파트단지였다. 그래서 집 구조가 외국식으로 복층인 동이 있었고, 강북에서 이주한 명문 고등학교가 단지 안에 위치해 있어 세간의 큰 화제였다. 영동 개발이 추진되며 구도심 사대문 안에 위치해 있던 명문 고등학교들이 강남으로 대거 이전되었다. 송파에도 명문 학교들이 들어섰다. 송파는 대치동 학원가로 아이를 통원시키기도 가까워서 강남에 입성하지 못한 사람들에게 나쁘지 않은 선택지였다. 그리고 올림픽공원이 있어 녹지가 풍부하고 살기 편했다.

엄마는 분양 추첨에서 떨어졌지만 몇 배의 '피'(토지나 건물 따위를 나누어 판매할 때, 판매 금액 이외에 지급해야 하는 추가 금액을 가리키는 부동산 은어)를 주고 아파트 입주권을 손에 넣었다. 올림픽 다음 해인 1989년 1월 입주가 시작되었고 부모님도 입주민의 일원으로 30평대 새 아파트에 입주했다. 그때 이사를 들어간 사람들은 '입주 멤버'로 자기들만의 자부심이 있었다.

이 일대는 이름이 온통 올림픽과 관련 있었다. 동 이름은 올림픽의 상징인 '오륜'이 들어간 오륜동이었고, 아파트 이름은 올림픽선수기자촌아파트, 집 앞에 있는 공원은 올림픽공원, 유치원은 올림픽유치원, 초등학교는 오륜초등학교, 중학교는 오륜중학교였다. 가장 가까운 지하철역은 올림픽공원역, 단지 내 상가는 올림픽프라자상가, 오륜이 아니라면 세륜초등학교가 있고, 아파트단지 안에서는 호돌이를 심심치 않게 마주칠 수 있었다.

그해 여름, 내가 태어났다. 엄마에게는 '집안일만 신경 쓰며 육아에만 전념'하라는 미션이 주어졌다. 신사임당 같은 어머니가 되는 것을 목표로 삼았던 엄마는 하루의 모든 시간을 나를 키우는 데 썼다. 엄마는 부지런히 이른 아침 일어나 아빠의 아침 식사를 따끈따끈하게 차려주었고 현관 앞까지 배웅을 했다. 아빠는 든든한 가장이었고, 엄마는 현명한 아내였다. 엄마는 집에서 다양한 식물을 키우고, 당시 유행하던 커다란 수족관을 들여 물고기도 키웠다. 하루가 참 바빴다. 화분에 물을 주고, 물고기 밥도 주고, 딸내미도 키워야 하고, 아빠의 안위도 챙겨야 했다. 언제부턴가 한계가 왔는지 엄마는 파출부를 부르기로 했다. 집안일과 육아를 혼자 감당하는 것은 무리였다. 일주일에 두세 번씩 파출부 아줌마가 왔다. 드디어 딸과 외출할 여유 시간이 생겼다. 엄마는 유모차를 끌고 현관문을 나섰다.

인터넷이 없었던 시절, 문화생활을 하기 위해서는 신문 광고와 텔레비전 광고를 꼼꼼히 챙겨봐야 했다. 엄마는 하나도 지나치지 않고 스크랩을 하며 어린이 연극, 신작 영화, 박물관 전시 등 다양한 행사 일정을 챙겼다. 엄마는 영어나 한자 공부를 하는 것보다는 여러 가지 문화를 경험하고 즐길 줄 아는 능력을 키우는 것이 더 중요하다고 생각했다. 그래서 엄마는 나를 좀 더 잘 데리고 다닐 기동력을 갖추기 위해 아빠 몰래 운전면허 학원을 등록하기도 했는데, 이 계획은 나의 고자질로 인해 실패로 돌아갔다. 아빠는 여자가 집안일이나 잘하면 되지 운전하고 돌아다니는 것을 탐탁지 않아했다. 대신 모범택시를 타고 다니라며 생활비를 넉넉하게 챙겨주었다. 공무원 월급이 120만 원이던 시절, 아빠는 엄마에게 500~600만 원의 생활비를 매달 넣어주었다. 우리는 주로 가까운 거리를 이동할 때는 택시를 탔고, 시내에 나갈 때는 2호선 잠실역까지 가서 지하철을 탔다. 아빠가 쉬는 날에는 직접 차를 태워주었다.

엄마는 나를 유모차에 태우고 외출을 할 때마다 필름 세 통과 캐논 AE-1 카메라를 챙겼다. 내가 태어난 직후 국어 교사인 이모부에게서 산 카메라였다. 늦둥이 외동딸이었던 덕에 나는 태어나자마자 팬이 생겼고, 일찌감치 엄마의 '최애캐(가장 좋아하는 캐릭터)'이자 '덕질(좋아하는 것을 파고드는 일)' 대상이 되었다. 특히 내 사진을 찍는 것이 엄마의 제1취미였다. 엄마는 이모부에게 카메라를 받으면서 매년 한 권씩 앨범을 만들어 딸이 성인이 되었을 때 스무 권의 앨범을 선물해주기로 결심했다. 카메라를 챙겨 나간 날이면 반드시 필름 한 통은 채우고 귀가했다. 그렇게 인화한 사진 중 고르고 골라 앨범에 들어갈 최종본을 선별했다. 카메라를 못 챙겼으면 일회용 카메라라도 급히 사서 그날을 기록해야 직성이 풀렸다.

엄마의 '덕심(덕질하는 마음)'은 스틸 사진으로 만족되지 않았다. 아파트단지 내에 '홈 비디오' 열풍이 불면서 엄마는 동네 수입가전 가게로 가 최신형 소니 6mm 캠코더를 구입했다. 필름과 비교했을 때 6mm 테이프 가격이 만만치 않았으므로 꼭 필요한 순간에만 조심스럽게 녹화 버튼을 눌렀다. 엄마는 1년에 테이프 한 개씩을 기록해서 그 영상도 함께 딸에게 선물하기로 했다. 테이프 하나에 약 두 시간 분량의 영상을 녹화할 수 있었다. 내 생일은 엄마에게 가장 큰 연중행사였다. 엄마는 '최애캐'를 위한 행사를 기획하고, 음식을 직접 준비하고, 손님을 대접하고, 사진을 찍고, 영상도 찍어야 했다. 행사 진행도 직접 했다. 손이 모자란 엄마는 때론 캠코더를 텔레비전 위에 고이 올려놓고 그 모든 과정을 녹화했다. 영상 안에는 캐논 카메라를 들고 분주히 돌아다니며 사진 포즈를 연출하는 엄마의 모습이 고스란히 찍혀 있다.

카메라는 내가 초등학교 고학년이 되었을 때부터 장롱 깊숙이 들어갔다. 엄마가 일을 시작했을 무렵이었다. 사진을 찍는 것도 몸과 마음의 여유가 있어야 가능한 것이었다. 그럼에도 불구하고 엄마는 어떻게든 기회가 될 때마다 사진을 찍었다. 매년 한 권의 앨범을 완성할 수는 없어도 딸이 성인이 될 때까지 어떻게든 성장 기록을 남기고자 했다. 앨범을 정리하는 데 시간이 의외로 많이 걸렸기 때문에 엄마는 여력이 될 때마다 새 앨범을 사서 정리되지 않은 사진을 분류하고 한 장씩 앨범을 채워나갔다. 하지만 다 정리할 시간이 없었다. 박스에 마구잡이로 쌓여 있는 사진이 엄마에게는 마음의 짐이었던 것 같다. 눈에 잘 보이는 곳에 앨범을 소중하게 보관하고 있다가 수시로 꺼내어 보고 "수십 번 봐도 질리지 않는다"며 "원래 매년 한 권씩 만들어주려고 했는데 미안해"라고 나에게 말하곤 했다.

이 캐논 카메라가 장롱 밖으로 나온 것은 내가 고등학생이 된 직후였다. 2000년대 초중반, 일명 '똑딱이 카메라'가 유행하면서 대부분의 집에서 못해도 가벼운 자동 필름카메라나 소형 디지털카메라를 쓰고 있었다. 고등학생이 된 이후 나는 각종 온라인 카페와 커뮤니티에서 필름 사진을 찍는 예술가들을 보며 동경심을 품고 있었다. 문득 집에 있던 수동 필름카메라가 생각났다. 엄마에게 카메라가 아직 있는지 물어봤다. 엄마는 장롱 속에 잠들어 있던, 녹과 곰팡이가 슬어 있는 캐논 카메라를 꺼내주었다. 렌즈도 두 개나 있었다. 수소문 끝에 을지로4가에 가면 카메라를 수리할 수 있다는 정보를 얻었다. 엄마와 함께 지하철 5호선을 타고 을지로4가 시계방 골목을 굽이굽이 따라 들어간 끝에 사람들이 자주 간다는 카메라 수리점을 찾았다. 망원 렌즈는 더 쓰기가 어렵지만 다른 것들은 수리할 수 있으니 일주일 뒤에 찾으러 오라고 했다. 엄마는 카메라를 들고 외출하는 나를 볼 때마다 필름 세 통을 챙겨 나갔던 그때 그 시절의 이야기를 빼놓지 않고 해주었다.

내가 유치원에 입학한 지 얼마 지나지 않은 무렵, 집에 이것저것 살림이 늘어나자 엄마 눈에는 30평대 아파트가 좁아 보이기 시작했다. 딸 장난감은 하나하나 추억이 담긴 물건들이기에 처분하기 아까웠다. 좀 더 넓은 평수에서 살아보면 어떨까 생각했다. 엄마는 먼저 주변 아파트 매물을 보러 다녔다. 40평대는 인기가 많은 평수여서 매물이 많지 않았다. 그렇다고 40평대보다 큰 평수는 세 가족이 살기엔 넓었다. 엄마는 이미 부동산에 다녀왔다는 말은 슬쩍 빼놓고 아빠에게 이사를 가자고 제안했다. 아빠는 흔쾌히 알아서 집을 알아보라고 했다. 엄마는 한동안 부동산을 들락거렸다. 그러던 어느 날 유치원과 초등학교의 딱 중간에 위치한 아파트 한 채가 매물로 나왔다. 엄마는 일단 바로 계약금을 넣어버렸다. 그리고 아빠에게 집을 계약했다고 통보했다. 3억9천만 원. 아빠는 예상보다 비싼 매매가에 당황했지만 이후에 이자를 감당하기가 크게 어렵지는 않을 거라 생각했다. 그렇게 나는 내가 태어난 후 첫번째 이사를 하게 되었다.

중산층처럼 산다는 것

계약이 성사된 이후 이사 날짜가 빠르게 정해졌다. 그 뒤로 우리 가족은 아파트단지 상가 안에 있는 인테리어 가게를 수십 번 들락거렸다. 이왕 넓은 평수의 아파트로 가는 김에 부모님은 나의 학업 문제까지 고려하여 오랫동안 그 집에 살 계획이었다. 인테리어를 매우 신중하게, 최대한 신경 써서 진행해야 했다. 적당한 수준의 가구와 인테리어는 마음에 들지 않았다. 그동안 끼고 살았던 살림도 거의 다 갈아치우기로 했다. 아빠의 사업은 계속 커가고 있었고, 생활은 이전에 비해 훨씬 여유가 있었다. 생활비만 수백만 원 쓰는 형편에 고치고 싶은 만큼 고치고 사고 싶은 만큼 새로 사면 그만이었다. 인테리어 콘셉트는 유럽 앤티크풍이었다. 거실에는 커다란 샹들리에를 달았고 바닥에는 고급 페르시안 러그를 깔기로 했다. 다만 안방에는 열두 자짜리 자개장이 들어가야 하므로 '전통식'으로 꾸몄다.

우리는 논현동 가구거리에 검은색 '각 그랜저'를 타고 가서 수입 가구를 구경했다. 나는 관심 없는 어른들의 대화가 지루해 그저 이 시간이 끝나기만을 기다렸다. 엄마는 가장 핵심이 되는 600만 원짜리 가죽 소파와 500만 원짜리 식탁을 먼저 골랐다. 모든 가구는 6인용을 기준으로 맞추었다. 기본적으로 손님맞이를 대비한 것이었다. 그리고 당시에는 희귀했던 수입 드럼세탁기와 식기세척기부터 가스오븐레인지, 커피포트도 주방에 장만했다. 방마다 A급의 유화 모작이 걸렸다. 세탁기가 드럼인지 통돌이인지, 저 그림이 반 고흐의 그림인지 아닌지는 나에게 별로 중요한 사안이 아니었으나, 내 방 벽지나 가구를 고를 때는 나 역시 신중해졌다. 몇 개의 선택지 중에 한참을 고민하여 파스텔 톤의 알록달록한 침대, 책상, 옷장 세트를 선택했다. 그렇게 한 달여간의 집 공사가 시작되었다. 엄마는 때때로 나를 데리고 공사 현장을 들러 인테리어가 잘 진행되고 있는지 확인했다. 그리고 시끄럽게 공사하는 것이 죄송하다며 집집마다 식용유며 떡을 돌렸다.

새로 이사한 46평짜리 아파트는 세 가족이 살기에는 차고 넘치게 넓었다. 집은 오롯이 주부인 엄마의 영역이었고, 엄마는 활발하게 사교생활을 했기에 집에는 늘 손님이 많았다. 우리 집은 곧 동네 사랑방이 되었다. 식탁이 매우 컸음에도 손님이 앉을 자리가 모자란 날이 더 많았다. 그러면 바닥에 커다란 잔칫상을 깔고 열댓 명이 둘러 앉아 밥을 먹었다. 평수가 커지고 나니 엄마 혼자 집안일을 챙기기가 어려웠고 점점 파출부 아줌마가 오는 날도 늘어났다. 살림에 부족함이 없으니 엄마는 남에게 후하게 베풀었다. 손님은 귀하게 대접하고 양손 무겁게 들려 보내야 한다는 것이 외갓집 철학이라고 했다. 누군가 집에 올 때마다 중국집에서 철가방 두세 개에 요리가 가득 담겨 배달되었고, 반상회나 유치원 학부모 모임도 집에서 자주 열렸다. 계절이 바뀔 때가 되면 내가 잘 안 입는 '일제' 브랜드 옷들은 비슷한 또래의 친구나 친척들에게 나누어주었다.

아파트단지와 가장 가까운 5호선 지하철 노선은 1996년에 개통되었다. 개통된 지 일주일이 채 지나지 않아 나는 엄마와 기념으로 5호선을 타보기로 했다. 어린이는 무료였기 때문에 나는 엄마와 바싹 붙어 개찰구를 통과했는데 그만 경보음이 울렸고 깜짝 놀란 나는 서러워 눈물이 났다. 지하철은 멀리 외출할 특별한 일이 있을 때 타는 것이었다. 운전면허가 없었던 엄마에게 가장 편리한 교통수단은 백화점 셔틀버스였다. 집 근처에는 큰 백화점이 세 개나 있었고, 고객 유치를 위해 저마다 셔틀버스를 운영했다. 이 버스는 웬만한 시내버스 노선 못지않은 규모를 자랑했다. 아파트단지 안에서 운전을 할 줄 아는 엄마들은 몇 없었다. 셔틀버스는 항상 만원이었다.

내가 유치원에 다니기 시작하면서 엄마에게는 반나절 정

도 자유 시간이 생겼다. 엄마는 좀 더 우아한 중산층 가정주부가 되기 위해 여러 가지 교양 수업을 들으러 다녔다. 주로 백화점 문화센터에서 열리는 강좌들이었다. 주부가요교실이나 꽃꽂이, 메이크업, 요리, 제과제빵 수업 등을 들었다. 하나의 수업을 이수할 때마다 집에 신기한 물건들이 늘어났다. 메이크업 세트와 파이를 굽는 빵틀 같은 것들이었다. 엄마는 특히 주부가요교실에 진심이었다. 그리고 수업 시간 동안 아이를 맡길 곳이 없으면 나를 수업에 데려가기도 했다. 그럴 때면 나는 엄마와 함께 악보를 보고 노래를 불렀다. 내 18번은 〈찔레꽃〉이었고, 엄마는 노사연을 좋아했다. 엄마는 노래를 배우는 김에 건반 강습도 받기로 했다. 집에는 내 피아노가 있었지만 엄마는 두 칸으로 되어 있는 전자 오르간을 사고 싶었다. 클래식 피아노보다 전자 피아노가 더 세련되어 보였고 가요를 부르기 위해서는 코드를 외워야 했다. 엄마는 삼익 전자 오르간을 210만 원 주고 집으로 모셔왔다. 집에서 과외도 받았다. 엄마의 전자 오르간 과외가 끝나면 내 피아노 과외도 이어서 했다. 그해 겨울 엄마는 제1회 송파구 주민의 날 축제에 나가 은상을 수상했다.

아빠의 사교생활은 사업을 중심으로 돌아갔다. 주로 주말마다 다른 업체 사장들과 함께 교외에 있는 골프 클럽에 가는 것이 핵심이었다. 1992년, 아빠는 골프 기구를 먼저 구입했다. 골프라는 단어가 낯설었던 엄마는 가계부에 '골푸기구 1,300,000원'이라는 메모를 남겼다. 골프를 하려면 연습도 해야 했다. 중산층이 되기 위해서 공부해야 하는 교양이 참 많았다. 연습비 6개월 치인 50만 원을 지불한 것도 빼놓지 않고 메모했다. 아빠는 그렇게 모셔온 '골푸기구'를 애지중지했다. 트렁크에 골프채 가방을 넣고 외출하는 날이면 아빠는 이른 아침부터 검은색 각 그랜저를 먼지 한 톨 없을 때까지 정성스레 닦았다. 사업을 위한 최신 개발 정보는 골프장에서 오갔다. 김 사장과 박 사장 들이 함께였고 그곳에는 건설회사 마 사장인 아빠도 껴 있었다. 아빠는 투자처를 늘려갔고 그만큼 사업도 번창했다. 지갑에 여유가 생기자 몸도 마음도 여유로웠다. 생활이 매년 쾌적해지는 만큼 아빠의 풍채도 점점 커졌다.

막내까지 대학을 보낼 정도로 풍족하지는 않았던 집안에서 자랐기에 아빠의 학력은 '고졸'이었다. 논밭과 친하지 않은 아빠가 농업고등학교를 나온 것은 먹고사는 데 그다지 도움이 되지 않았다. '호구 조사' 때 학력을 물어보면 아빠는 돈 없다고 대학에 보내주지 않은 가족에 대한 섭섭함을 토로했다. 사업을 하는 40대 젊은 사업가라면 대학에 개설된 최고경영자과정을 수료하며 인맥을 쌓고 투자의 최신 경향을 익히는 것이 유행이었다. 아빠는 경원대학교(현 가천대학교) 부동산학과 최고경영자과정에 입학했다. 학습 기회를 가질 수 있다는 것도 장점이었지만 동종업계 종사자인 동기들끼리 친목 활동을 하는 것이 학교 생활의 핵심이었다. 시간이 날 때마다 중년의 남성들은 비싼 양주를 마시며 대규모 회식을 도모했고 해외 부동산 경향을 파악하기 위해 해외 연수를 떠났다.

어느 날 아빠는 가족 모두 여권을 만들자고 했다. 동기들과 함께 부부동반으로 해외 연수를 간다는 거였다. 1989년 해외여행이 자유화되고 1992년에는 해외여행 전 필수였던 반공교육 수료 절차가 폐지되면서 너도나도 돈 좀 있다는 사람이라면 외국에 한번 다녀오는 것이 의례처럼 여겨졌고, 신세대들의 배낭여행 붐이 일고 있었다. 외무부에 제출할 여권용 사진을 이왕 찍는 김에 가족사진도 찍기로 했다. 이른 아침부터 엄마는 나를 데리고 미용실에 갔다. 아빠 차를 타고 처음 가보는 낯선 동네에 도착해 사진관에 들어갔다. 불편한 하늘색 모직 원피스를 입고 있으니 숨이 답답했다. 나는 옷을 빨리 벗고 싶었다. 구내염 때문에 웃는 표정을 짓는 것이 힘들었다. 자꾸 웃으라는 사진사 아저씨가 야속했다. 여권이 발행되고 나서 우리 가족의 이름이 영어로 쓰여 있는 게 신기해서 몇 번이고 구경했다. 'Mr. Ma…' 통장처럼 왜 첫 장을 빼고 백지인 건지, 사증은 무엇인지 이해할 수 없었다. 결과적으로, 엄마와 나를 당연히 데려가려 했던 아빠의 기대와는 달리 우리는 동행하지 못했다. 동기들 간의 친목 여행이 되는 듯한 분위기였다. 아빠는 싱가포르, 괌, 중국부터 유럽까지 안 가본 나라가 없었다.

아빠가 3주간 유럽 각국을 돌아다니는 동안 엄마와 나는 처음으로 둘만 집에 남았다. 아빠가 없는 집은 텅 비어 보였고 우리를 지켜줄 사람이 없다는 서늘한 느낌에 밤이 되면 괜히 무서웠다. 아빠가 집에 돌아올 날을 손꼽아 기다렸다. 스마트폰이 없던 시절이라 아빠가 어느 나라에 있는지는 가끔 걸려오는 짧은 국제전화로 알 수 있었다. 긴 여행에서 돌아온 아빠는 양손에 커다란 보스턴백을 들고 있었다. 가방을 열어 보였을 때 엄마와 나는 환호성을 내질렀다. 금박을 입힌 주전자, 크리스털 장식품, 옥색 보석이 박혀 있는 스리피스 액세서리 세트가 줄줄이 쏟아져 나왔다. 엄마는 이 선물들을 유리 장식장 안에 고이 보관했다. 갖가지 선물을 주변 친척들에게도 나누어주었다. 나는 아빠가 내 선물도 많이 사오기를 바랐지만 아빠는 아이에게 줄 만한 걸 고르지 못했는지 인형 몇 개와 망원경을 쥐여주었다. 여행에서 일회용 카메라로 찍어온 사진을 인화해온 날, 우리는 둘러앉아 사진을 구경했다. 여기는 서독이고 여기는 프랑스, 이탈리아…. 어디에 붙어 있는지 잘 가늠이 되지 않는 이국적인 풍경이 펼쳐졌다. 이후로 나는 신문 광고에 나오는 5개국 투어, 7개국 투어 같은 패키지 여행상품을 자주 들여다보았다. 아빠가 찍어온 사진에는 눈여겨 본 듯한 명품 브랜드의 쇼윈도와 롤렉스시계 진열장이 담겨 있었다. 엄마는 아빠가 해외여행을 다녀왔다는 사실에 자부심을 느꼈다. 정확히 금액은 알 수 없어도 그 나라의 통화로 쓰여 있는 영수증이 신기하기만 했다. 엄마는 이 땅을 떠난 적 없었지만 마치 자기가 외국 관광을 하고 온 것처럼 외국 영수증을 가계부에 반듯하게 끼워 놓고 고이 간직했다.

사실, 우리는 상류층

이쯤 되면 우리 가족은 중산층이 아니라 상류층에 가까웠던 것 같다. 엄마 역시 단지 내의 큰 평수로 이사한 뒤로 우리가 중산층을 넘어섰다고 인식하고 있었다. 그러나 드라마에 나올 법한 평창동 사모님도 아니고 남편이 대기업 총수인 것은 아니었으니 1%의 상류층은 아니지만 경제적으로 중산층보다도 더 풍족한 수준의 '중상류층' 정도 된다고 생각했다. 비슷한 경제적 수준의 가족들이 모여 사는 아파트단지 내부의 분위기도 그러했다. 내 주변 친구들의 아빠들은 대부분 '사' 자가 들어가는 직업을 가지고 있었다. '호구조사'를 하면 아빠처럼 '사'장님들이 많았고 의'사', 변호'사'인 가족이 한 집 걸러 한 집이었다. 그래서 나는 초등학교 때까지 대부분의 아버지들이 의사 아니면 변호사 같은 직업을 가지고 있는 세계관 속에 살며, 어린이는 자라서 누구나 의사나 변호사가 되는 줄로 알았다. '사' 자가 들어가지 않는 직업은 교수, 은행 지점장, 대기업 임원 정도였다. 성인이 되어 돌이켜보면 이러한 일상은 터무니없이 견고한 금빛 담장에 둘러싸여 있는 그들만의 세상이었다.

송파구는 막 개발된 중산층의 베드타운이었고 서울올림픽이 개최되면서 각종 해외 신문물이 유입되어 처음 소비되는 통로이기도 했다. 그러다보니 나의 어린 시절 부모님과 함께했던 추억의 장소들은 쉽게 가기 어려운 호화로운 곳들이었다. 추억을 곱씹기 위해 방문하기에 지금의 나로서는 엄두가 나지 않는 그런 공간들 말이다. 동네에는 뉴욕의 센트럴파크만큼 커다란 녹지 공간인 올림픽공원이 도보 거리에 있었고, 차를 타고 조금만 가면 잠실 롯데백화점과 롯데월드, 현대백화점, 삼성무역센터, 쉐라톤워커힐호텔이 나왔다. 다른 이웃들이 그랬던 것처럼 우리 가족 역시 남들이 하는 거라면 모두 했다. 휴가를 위해 콘도미니엄 회원권을 구입했고, 외식을 할 때는 호텔 뷔페를 갔다.

엄마는 나를 데리고 잠실 롯데백화점에 자주 갔다. 지금도 마찬가지지만 아이를 유모차에 태우고 다니기에 적절한 장소로 백화점이나 쇼핑몰만 한 곳이 없었다. 1층에서 유모차를 대여해 이리저리 구경을 다니다가 심심하다 싶으면 롯데월드에 들어갔다. 몇 개의 유아용 놀이기구를 타고 나와 집으로 가기 전, 롯데월드 입구에 있는 커피숍에서 엄마는 헤이즐넛 원두커피를 마셨고 나는 빨간색, 파란색 종이우산이 꽂혀 있는 아이스크림 파르페를 먹었다. 가끔 기분이 내키면 엄마는 잠실 롯데호텔이나 올림픽공원에 있는 서울올림픽파크텔 로비 카페에 갔다. 그곳에 가면 나는 꼭 양쪽에 손잡이가 달려 있는 수프볼에 담긴 '야채수프'를 먹었다. 양송이 크림수프는 경양식집에서나 급식으로 먹을 수 있는 맛이었지만 토마토야채수프는 그곳에서만 먹을 수 있는 특별한 맛이었다.

고층 건물이 들어서기 전 서울의 동쪽 지역에는 모든 것을 내려다볼 수 있는 장소가 있었다. 바로 워커힐, 말 그대로 워커의 언덕이었다. 언덕 자체가 그다지 높지는 않았지만 꼭대기에 올라가면 한강이 드넓게 펼쳐진 풍경을 볼 수 있었고 강남과 송파 일대도 한눈에 들어왔다. 저 멀리 우리 가족이 사는 올림픽선수기자촌아파트도 우뚝 솟아 있었다. '워커힐'은 한국전쟁 참전 군인이었던 월턴 워커 장군을 기리기 위해 그의 이름을 따서 만든 지명이었다. 워커힐호텔은 1963년에 지어졌고 바로 옆에 위치한 워커힐아파트는 1978년 열린 세계 사격 선수권 대회의 선수촌으로 활용하기 위해 조성되었다. 워커힐아파트는 당시에는 흔치 않은 50~70평형대 이상의 평수로만 구성되어 있는 최초의 대형 고급 아파트단지였다. 아빠와 엄마는 내가 좀 더 자라면 워커힐아파트에서 살고 싶어했다. 그곳은 재력가, 연예인, 고위 공직자 들이 거주하는 특별한 부촌이었기 때문이다.

아직 워커힐아파트에 사는 것은 아니었지만 부모님은 그

곳을 이용하는 사람들에게서 동질감을 느꼈다. 집에서 차로 15분 이면 갈 수 있는 거리에 위치해 있었기에 마음만 먹으면 언제든 워커힐호텔에 기분전환을 하러 갈 수 있었다. 어떤 날은 워커힐호텔 로비에서 차를 한 잔 마시고, 또 어떤 날은 워커힐호텔 뷔페에 갔다. 호텔에서 열리는 어린이날 행사도 빠뜨리지 않았다.

특히 워커힐호텔 단지 안, 아늑한 숲속 언덕에 위치한 피자힐은 한국 최초의 피자 가게로 매우 이국적인 곳이었다. 이태원에 프랜차이즈인 피자헛이 막 생겼을 무렵이니 피자라는 음식 자체가 아직은 낯설었다. 피자힐의 콤비네이션 피자는 내 인생의 첫 피자였다. 한 조각 먹으면 배가 불렀지만 나는 피자힐에 가자고 자주 졸랐다. 외식을 가면 무조건 김치와 된장국부터 찾는 아빠에게는 이해할 수 없는 입맛이었다. 아빠는 피자힐에서도 김치와 된장국이 있는지 물었다. 피자힐은 2023년 현재에도 한국에서 가장 비싼 피자라는 타이틀을 유지하고 있는데, 가장 작은 콤비네이션 피자가 6만 4천원을 호가한다. 유년기 시절이 지나고 나는 그 피자를 다시 먹어본 적이 없었다. 그러다가 얼마 전 어린 시절을 추억하며 피자힐에 갔다. 예약 대기가 길어 식당에서 식사를 할 수는 없었고 포장을 해 왔다. 피자를 한입 베어 물었는데 탄식이 나왔다. 늘 기억 속에 존재하던, 피자의 원형인 듯한 그 맛이었기 때문이다. 헛웃음이 나왔다.

우리 가족이 부유하던 시절을 떠올렸을 때 또 빼먹을 수 없는 곳이 콘도미니엄이다. 흔히 줄여서 '콘도'라 부르는 콘도미니엄은 1983년 경주, 제주, 설악산을 시작으로 1988년 신축 규제가 풀리면서 많이 지어졌고, 회원권을 구입하는 붐이 일었다. 지금 리조트나 콘도 하면 낯설지는 않지만 여전히 접근성이 떨어지는데, 90년대의 콘도는 그야말로 아무나 이용할 수 없는 부의 상징과 같았다. 골프장 회원권과 함께 콘도미니엄 회원권은 부자라면 반드시 가져야 할 특별한 멤버십이었다. 아빠는 엄마에게 아파트 한 채 가격과 맞먹는 콘도미니엄 회원권을 선물했다. 계약금만 해도 300만 원 정도였다. 90년대 중산층 가족이라면 바다로 여름휴가를 떠나는 것은 일종의 고유한 놀이 문화처럼 여겨졌다. 우리 가족은 특히 경포대를 선호했다. 지방자치제 실시 이후 지역관광개발이 관광산업의 주요한 이슈로 떠오르고 있었다. 콘도미니엄은 그 산업의 핵심에 있는 관광 거점과도 같았다. 휴가철, 사람이 떼로 몰리는 시즌을 조금 비켜난, 한가하지만 여전히 해수욕이 가능한 시기에 우리 가족은 아빠의 각 그랜저를 타고 여름 바다여행을 떠났다. 쾌적한 콘도에서 수박을 먹다가 바로 앞에 있는 해수욕장으로 달려 나가 튜브를 끼고 파도를 탔다.

그때는 내 주변을 둘러싼 환경이 당연하다고 생각했다. 초등학교에 갓 입학한 아이를 둘러싼 모든 것이 중산층 세상에 속해 있었기에 이러한 값비싼 조건들은 생활의 일부분 그 이상도 이하도 아니었다. 텔레비전을 통해 보이는 가난에 대한 이미지가 내가 경험한 가난의 모든 것이었고, 가난이란 아시아의 네 마리 용인 대한민국이 이미 극복해낸 과거의 상황이었다. 나에게 중산층의 삶은 당연하게 주어지는 것이었다. 주변에 있는 친구들이 미국에 있는 디즈니랜드를 한 번쯤 가보았고, 해외 출장을 다녀온 '사'자 직업의 아버지가 놀이 방법을 도무지 알 수 없는 처음 보는 장난감을 철마다 사다주는 것이 당연했다. 아버지들은 당연히 주말마다 골프를 치러 갔다. 가정주부인 어머니들은 아이들이 학교를 마칠 때까지 삼삼오오 모여 티타임을 가지며 최신 교육 정보를 나누고 수준에 맞는 스터디 그룹을 짜는 것도 당연했다. 어머니의 취향이 반영되어 있는 각자의 집은 항상 편하고 안전한 공간이었고, 일주일에 한 번은 가족끼리 단란하게 외식을 했다. 아빠의 차를 타고 패밀리 레스토랑으로 외식을 나가면 꼭 친구네 가족을 한 무리씩은 만났다. 나는 매일 아파트단지 밖으로 벗어나지 않는 하루를 보냈고 우리 가족의 일상은 늘 쾌적했다.

엄마의 마흔 네번째 생일날. 일곱 살이던 나는 엄마의 생일상을 직접 차렸다.
엄마와 내가 들고 있는 유리컵은 특별한 날에만 꺼내어 쓰던 가족 전용 잔이다.
엄마가 가장 좋아하는 트로트 노래를 선물로 불러주기 위해 악보를 식탁 위에 꺼내놓았다.

동해에 있는 콘도미니엄에서
휴가철을 보내고 서울로 돌아가기 전
찍은 기념 사진. 엄마는 각 그랜저 앞에서
포즈를 취해보라고 하지만
여러 차례 반복된 촬영에 지친 나는
일부러 웃긴 표정을 짓고 있다.

내가 촬영한 엄마. 엄마 사진을 찍고 싶어서 예쁜 옷을 입고 포즈를 취하라는 요구를 했지만,
팔 힘이 없는 어린 내가 카메라를 들고 있는 것이 영 불안한 엄마는 잔뜩 긴장한 표정이다.
카메라를 조작하지 못해 셔터만 눌렀기 때문에 사진을 자세히 보면 초점이 안 맞는다.

엄마와 아빠의 다정한 한때.
우리 가족은 스키를 탈 줄 아는 사람이
없어서 바다가 지겨울 때는
여름철 스키장으로 휴가를 갔다.
그래서 눈 대신 푸른 잔디가 깔려 있다.

대학원 동기들과 함께 떠난 유럽여행 중
이탈리아에서 찍은 기념 사진.
평상시에 주로 정장을 입지만
해외여행의 캐주얼한 느낌을 내기 위해
가죽 자켓을 입은 아빠가 로마 콜로세움을
배경으로 포즈를 취하고 있다.

2장

내려오는 건 정말 순식간이었다

서울특별시 송파구 오금동 상가주택(12평)

올 것이 왔다, IMF

초등학교 2학년 2학기 가을, 텔레비전에서는 대한민국이 IMF(국제통화기금)에서 구제금융을 신청하기로 했다는 뉴스로 가득했다. 매일같이 한 번도 본 적 없었던 새로운 단어가 헤드라인을 장식했다. 주가가 사상 최대로 하락했고, 대기업의 부도가 이어졌다. 아시아의 네 마리 용이 추락하고 있다는 이야기와 함께 은행으로 몰려드는 사람들과 대량 해고로 양복을 입은 채 갈 곳을 잃은 회사원들의 모습이 늘 방송되었다. 전국민이 함께 이 위기를 극복해나가기 위해 허리띠를 졸라매야 한다고 했다. 대대적으로 'KBS 금 모으기 캠페인'이 시작되었다. 국가의 부채를 갚기 위해 수많은 사람들이 줄을 서서 장롱 속에 있던 금반지와 금거북이, 금목걸이를 기부했다.

방학 내내 텔레비전에 나오는 경제 위기 극복 특별 프로

그램들을 보며 나는 부모님에게 우리 집도 금을 기부하자고 했다. 우리도 국가적 운동에 동참해야 한다고 말이다. 사실인지 아닌지 알 도리가 없었으나 아빠는 얼마 전에 금을 다 팔아서 기부할 게 없다고 했고, 엄마는 나 모르게 이미 기부를 했다고 말했다. 손을 보태고 싶었던 나는 ARS 기부 전화를 몇 차례 걸었다. 초등학교 3학년, 새 학기가 시작되었을 때 담임선생님은 금 모으기 운동에 참여한 학생이 있으면 손을 들어보라고 했다. 나라가 힘든 시기이니 함께 힘을 모아야 한다고 이야기했다.

학교에서 열리는 IMF 관련 행사의 모든 준비는 어머니회가 도맡았다. 엄마는 어머니회에 적극적으로 참여해 부회장까지 역임한 바 있었다. 바자회 날이 되면 떡꼬치 냄새와 전 부치는 소리가 운동장을 가득 메웠다. 나는 친구들과 1,000원씩 챙겨와 삼삼오오 몰려다니며 마음에 드는 물건을 구입하거나 떡꼬치를 사 먹었다. 바자회에서 구입한 독특한 재질의 빨간색 크로스백은 그해 나의 주요한 패션 아이템이었다. 폐신문지를 많이 기부하는 것에 경쟁이 붙어 학부모들은 차에 폐지를 잔뜩 실어 날랐다. 어떤 날은 어머니회에서 폐기름을 모아 비누를 만들어 나누어주었다. 나는 '절전'이라고 쓴 종이를 거실 스위치 옆에 붙여놓고는 부모님이 불을 안 끌 때마다 잔소리를 했다.

그 무렵 아빠 사업에 사기를 쳤다는 사기꾼 때문에 부모님은 둘 다 정신이 없었다. 집에 자주 놀러 왔던 어떤 아저씨가 거짓말을 했다는 것이었다. 전화로 욕을 하며 소리를 지르는 날이 이어졌고, 부모님도 서로 언성을 높이며 싸웠다. 그럴 때마다 나는 텔레비전 소리를 가장 크게 키워놓고 싸우지 말라며 울었다. 두 사람은 내게 소리를 줄이라며 잠시 싸움을 멈추기도 했지만 어떤 날은 육탄전을 벌이기까지 했다. 엄마가 손톱으로 할퀴자 아빠의 메리야스가 찢어졌고 놀란 아빠는 엄마를 밀쳐냈다. 결국 엄마가 바닥에 넘어졌다. 나는 부모님과 함께 그 사기꾼 아저씨 번호로 전화를 걸어 소리를 질렀다.

그해 여름방학, 나는 화장실에서 볼일을 보고 있었다. 손님이 온 줄도 모른 채 휴지가 없어 엄마를 크게 불렀고, 누군가 밖에 있다는 것을 알고는 부끄러워져 빠르게 방으로 숨었다. 부동산 사람들과 집을 보러 온 사람들이었다. 내 방을 보러 사람들이 들어오는 바람에 나는 다른 방으로 피신했다. 아빠가 부동산에 집을 내놓았다고 했다. 엄마는 지금 당장 사업이 어렵다고 집을 팔면 다시 회복하기 어려울 거라고 주장했다. 더욱이 대대적으로 인테리어 수리를 해서 들어온 집이었기에 엄마는 이 집에 대한 애정이 컸다. 몇 차례의 고성이 오간 끝에 결국 아빠가 이겼다. 나중에야 안 사실이지만 아빠는 당시 가파르게 오르는 금리 탓에 도산 위기에 처해 있었다. 당장 융통할 수 있는 현금을 마련하기 위해서 아빠는 팔 수 있는 것들을 닥치는 대로 팔았다. 탄탄하고 견고하게 쌓아두었다고 생각했던 엄마의 모래성이 파도 한 번에 물거품처럼 사라졌다.

관리를 잘한 덕에 집은 속전속결로 거래되었다. 당시 부동산에 내놓은 가격은 4억 5천만 원이었다. 우리는 단지 한가운데 있는 넓은 평수 집을 팔고 단지 외곽에 있는 비교적 좁은 평수의 전셋집으로 이사했다. 파스텔 톤의 실크 벽지가 아닌 싸구려 막도배지에 앤티크 가구는 어울리지 않았다. 어차피 상황이 나아지면 다시 넓은 평수 아파트에 인테리어를 새로 해 이사 갈 계획이었다. 몇 년 동안 집안일을 봐주던 파출부 아줌마도 어느 날부터 더 이상 나오지 않았다. 사업차 집에 자주 놀러 오던 손님들도 발걸음이 뚝 끊겼다. 아빠의 각 그랜저 자동차는 정비를 안 한 지 오래되어 지하 주차장 경사를 올라가지 못할 때도 있었다. 그러면 아빠는 지하 주차장을 몇 바퀴 돌며 차를 준비운동 시키고 엑셀을 세게 밟아 전속력을 다해 겨우 주차장을 빠져나왔다.

비교적 다정했던 엄마와 아빠의 사이는 점점 냉랭해졌다. 아빠가 주는 생활비가 급격하게 적어졌지만 엄마의 씀씀이는 다시 줄어들지 않았다. 사교생활을 마음껏 하기 어려워지자 엄마는 백화점 셔틀버스를 타고 천호 현대백화점과 잠실 롯데백화점에 가서 아이쇼핑을 했다. 그러다가 신용카드를 만들어 장을 보았다. IMF 외환위기 직후였던 당시, 신용카드 현금 서비스 한도가 폐지되고 신용카드 소득공제가 도입되어 카드사 간 경쟁이 심해지며 누구에게나 신용카드를 발급해주었다. 부족한 생활비가 잠시 메워지는 것 같았다. 결국 카드내역서가 날아오고 나서 다시 싸움이 이어졌다. 엄마는 아빠에게 생활비를 더 달라고 했고, 아빠는 카드를 압수해갔다. 올림픽유치원 동기 모임을 따라 내 교육 방향을 정했던 엄마는 더 이상 트렌드를 따라가기가 어려워졌다. 학원 수를 점점 줄여나갔고, 내가 매년 받는 상장 수도 점점 줄어들었다.

더 좁게 더 멀리 더 힘들게

1999년 세기말 여름, 엄마의 인내심에 한계가 찾아왔다. 엄마는 아빠가 집에 들어오지 못하도록 현관문을 이중 잠금장치로 잠가버렸다. 퇴근한 아빠는 현관문을 한참 두드렸다. 엄마는 생활비를 줄 때까지 문을 안 열 거라 했다. 몇 시간이 흐른 뒤 아빠가 다시 문을 쾅쾅 치는 소리가 들렸다. 나는 문을 열어주라며 계속 울었다. 밤이 지나갔다. 다음날 아침, 일어났을 때 현관문의 문고리가 없어져 있었다. 아빠가 열쇠 수리 출장을 불러 문고리를 바꿔버린 거였다.

얼마 후 엄마는 나에게 여행을 갈 테니 짐을 싸라고 했다. 어디로 가는 것인지 알지 못했다. 그날 밤 기차를 탔는지 버스를 탔는지도 기억나지 않는다. 첫 행선지는 엄마의 사촌오빠가 사는 포항이었다. 비가 오는 날이었던 것 같다. 친척은 우리를 차에 태우고 포항제철소를 구경시켜주었다. 그날 저녁, 입맛에 안 맞는 무언가를 저녁 식사로 먹었던 탓인지 나는 친척집으로 돌아와 새우맛 컵라면과 티코 아이스크림을 먹었다. 그리고 목욕을 하는데 갑자기 욕실 백열전구가 깨졌다. 나는 왜 포항에 와서 재미없는 방학을 보내고 있는 것인지 답답하기만 했다.

우리의 다음 행선지는 같은 포항에 살고 있는 고모네였다. 시내 외곽의 새마을주택까지 고모부가 우리를 데려다주었다. 아빠의 누나인 고모는 우리를 반갑게 맞이해주었다. 고모는 아무래도 아빠의 남자 형제가 아니다보니 자주 만날 일이 없었기 때문이다. 그곳에서 우리는 처음으로 아빠에게 우리가 어디에 있는지 알렸다. 하지만 엄마와 아빠는 바로 화해하지 않았다.

엄마와 나는 부산으로 떠났다. 그곳에서 올림픽선수기자촌아파트에 살다가 부산으로 이사 간 동갑내기 이란성 쌍둥이네 집에 머물렀다. 아파트단지 안에서 유모차를 끌고 다니다가 만나 친해졌다는 엄마들은 서로 죽이 잘 맞았다. 서로 어떤 이야기를 나눴는지는 모르지만 우리는 거기서 며칠간 신세를 졌다. 방학을 맞아 엄마들은 이왕 이렇게 된 김에 놀러나 가자며 경주 여행을 추진했다. 두 쌍둥이 남매 포함 총 다섯 명이었다. 우리는 경주에서 택시를 대절해 며칠 동안 관광을 다녔다. 황남빵을 먹고, 함께 신나는 방학을 보냈다. 그렇게 열흘이 넘는 가출 끝에 우리는 다시 서울로 돌아왔다. 아빠는 집에 돌아온 우리에게 아무 말도 하지 않았다. 두 사람의 관계는 점점 더 싸늘해졌다.

내가 초등학교 고학년이 될 때까지 우리는 예전에 살던 집으로 다시 돌아가지 못했다. 오히려 점점 더 등하교하기 힘든 먼 곳으로 이사를 갔다. 초등학교 5학년이 된 새천년, 2000년이 되어서는 아파트단지 가장 끝에 위치한 동으로 옮겼다. 집의 전기가 처음으로 끊겼던 때였다. 초등학교를 졸업하기 전, 엄마는 나와 동대문에 옷을 사러 갔다가 내 첫 휴대폰을 사주었다. 17만 원짜리 플립폰이었다. 아무래도 엄마가 집을 비우는 사이 딸과 연락이 되지 않는 것이 걱정되었던 것 같다. 하지만 몇 분 뒤 직원은 난처한 얼굴로 개통이 불가능하다고 했다. 엄마가 신용불량자라는 것이었다. 엄마는 잠시 당황해하다가 이모에게 전화를 걸어 혹시 이모를 보호자로 휴대폰을 개통할 수 있는지 물었고, 그렇게 나에게도 첫 휴대폰이 생겼다. 교복을 입고 중학교에 입학하고 2002년 월드컵이 시작되었다. 중학교에서 처음으로 사귄 친구와 함께 첫 경기를 우리 집에서 봤던 기억이 난다. 첫 골이 들어가자 엄마는 설거지를 하다가 소리를 지르며 뛰쳐나왔는데, 분홍색 고무장갑을 낀 손에 식칼을 들고 있다는 것도 모르고 있었다.

월드컵 4강 진출의 신화가 미디어를 뜨겁게 달구는 동안 어느새 학기가 끝나고 여름방학이 시작되었다. 나는 중학교 친구들과 내 생일날 무엇을 하고 놀지 고민하기 바빴다. 그런데 방학이 되고 얼마 지나지 않아 엄마는 아파트가 아닌 곳으로 이사를 가게 되었다고 했다. 아빠가 계약을 하고 왔다는 거였다. 아파트 단지 바로 길 건너에 있는 곳인데 학교에 걸어서 다닐 수 있는 거리라고 했다. 이사를 가더라도 아파트단지를 벗어날 거라는 상상은 해본 적이 없었다. 내가 태어나서부터 살아온 세계는 이 테두리 안이 전부였기 때문이다. 그래도 이사를 한다고 하니 나는 미리 집을 구경하러 가고 싶다고 했다. 가는 내내 엄마는 미리 다녀와봤는데 집이 조금 좁다고 했다. 그리고 몇 개월만 임시로 사는 것이니 조금만 참으면 다시 아파트로 이사를 할 거라고 했다. 새로 이사 갈 집은 횡단보도를 건너 지금 사는 집에서 10분 거리에 있는 상가주택이었다. 세입자가 빠져 집은 이미 텅 비어 있었다. 도배 공사가 한창이었다. 빌딩 뒤편에 위치해 있어 창문을 열어도 온통 에어컨 실외기만 보였다. 또 어떤 창문에서는 맞은편 빌딩의 화장실이 보였다. 거실은 없었고, 큰방 하나와 작은방 하나가 있는 집이었다. 나는 이곳에 이전 집의 살림이 어떻게 들어갈 수 있다는 것인지 잘 상상이 되지 않았다. 다시 돌아오는 길, 엄마는 여기서 임시로 사는 것임을 여러 번 강조했다.

며칠 뒤, 이른 아침부터 분주하게 이사가 시작되었다. 나는 종합학원 방학 특강을 들으러 집을 나섰다. 중학교에 입학한 뒤로 내 성적은 바닥을 찍었다. 늘 상장을 받아오고 온갖 경시대회를 나가던 것은 이미 옛날 일이 되어 있었다. 학원 수업이 끝난 늦은 오후, 나는 아파트단지가 아니라 길 건너 다른 동네로 발걸음을 향했다. 아직 이삿짐이 분주하게 옮겨지고 있었다. 평수가 크게 줄어들어 가구와 짐이 들어갈 자리가 없어 발 디딜 틈이 없었다. 집의 모든 창문이 빌딩과 빌딩 사이에 위치한 탓에 사다리차가 들어갈 위치가 마땅치 않았다. 결국 사다리차로 짐을 옥상으로 올린 뒤 다시 계단을 통해 그 짐을 옮기고 있는 참이었다. 예상 시간이 훨씬 지나 늦은 저녁까지 이사가 이어졌다. 그런데 강아지 위커가 없었다. 나는 울며 위커가 어디에 있는지 물었다. 엄마는 이 집에서는 강아지를 키울 공간이 없어 아는 사람의 시골집에 보냈다고 했다. 나는 그 아는 사람이 누구인지, 그 시골집이 어디인지 꼬치꼬치 물었지만 답을 들을 수 없었다. 어떻게 말 한 마디도 없이 강아지를 보내버릴 수 있느냐며 나는 서럽게 울었다.

이삿짐 센터에서 짐을 겨우 다 옮겨갈 무렵, 얼마 전 결혼한 사촌오빠가 새집에 잠시 들렀다. 얼굴에 당황한 기색이 역력했다. 우리는 그래도 이사를 했으니 짜장면을 먹어야 한다며 중국집에서 배달을 시켰다. 식탁 위는 짐으로 가득했고 식사를 위해 마땅히 앉을 곳이 없었다. 신문지를 여기저기 깔고 앉아 우리는 애써 웃으며 짜장면과 탕수육을 먹었다. 그 뒤로 수많은 짐을 어떻게 정리했는지, 그날 밤은 잠을 어떻게 잤는지, 그해 여름방학이 어떻게 지나갔는지는 잘 기억나지 않는다. 그 며칠 동안 엄마와 아빠의 얼굴도, 말들도 희미하기만 하다. 갑작스레 달라져버린 집 안의 풍경은 마치 낯선 세계에 내 일상을 통째로 옮겨놓은 것같이 보였다. 그리고 하루아침에 사라진 강아지 위커에 대한 미안함과 멀리 있는 학교에 어떻게 등교할 것인지에 대한 걱정이 뒤엉켰다. 이 복잡한 감정을 어떻게 소화해야 할지 도무지 알 수 없었다.

가모장의 등장

아파트단지 맞은편에 있는 붉은 벽돌의 상가주택으로 이사 온 이후 엄마는 한동안 침대에서 나오지 않았다. 지금 보면, 그건 우울증이었다. 학교에 갈 때부터 돌아올 때까지 엄마는 잠만 잤다. 말을 걸면 신경질을 부렸다. 이 집은 임시로 사는 집이라며, 다음 달이면, 늦어도 내년에는 다시 아파트에 돌아갈 거라 했다. 늘 간식을 준비하고 앞치마를 입은 채 활짝 웃으며 나를 마중 나오던 엄마는 완전히 다른 사람이 되어 있었다. 처음 보는 엄마의 모습에 나는 억울했다. 이 집으로 이사 온 것이 나 역시 당황스럽기는 마찬가지였다. "어쩌라고!" 소리 지르는 나에게 엄마는 "그럼 나는 어쩌라고!" 하며 화를 냈다. 우리는 서로 마주 보지 않은 채로 자주 울었다.

엄마의 취향대로 우아하게 배치되어 있던 가구들은 갈 곳을 잃었다. 열두 자짜리 자개장은 작은방 안에 욱여넣어져 사람 한 명이 간신히 몸을 누일 만큼의 공간만 남았고, 6인용 소파에 딸린 보조 소파와 콘솔, 인테리어 소품들은 베란다에 테트리스처럼 틈새 없이 차곡차곡 쌓였다. 사람이 사는 곳이 아니라 가구를 보관하기 위한 공간에 가까웠다. 거실이 따로 없어 큰방에는 텔레비전과 책상, 침대, 장롱 등 남은 가구가 모조리 들어갔다. 그곳은 내 방이자 가족의 공간이 되었다. 거대한 킹사이즈 침대가 공간의 대부분을 차지하고 있는 방에서 엄마는 침대에, 나는 책상 의자에, 아빠는 소파에 앉아 모두 말없이 텔레비전을 봤다.

평일 늦은 오후, 나는 엄마에게 저녁으로 라면을 먹자고 했다. 요리할 기력이 없던 엄마는 그렇게 하자며, 라면을 사오라고 했다. 엄마의 지갑은 텅 비어 있었다. 냉장고에도 먹을 게 없었다. 아빠가 주는 생활비에 온전히 기대어 지내던 우리는 아빠가 돈을 주지 않으면 당연히 돈이 없었다. 라면을 사기 위해서 우리는 집 구석구석을 뒤지기 시작했다. 주방 서랍에서 100원, 현관 신발장 옆에서 50원. 보물찾기 하듯이 10원짜리 동전까지 싹싹 긁어모았다. 라면 한 봉지에 520원, 도합 1,040원이 모일 때까지. 화장대 서랍을 칸칸이 열어가며 동전을 찾다가 500원짜리를 발견했을 때 우리는 환호성을 지르다가 한참을 박장대소했다. 그 순간이 진심으로 기뻤기 때문이다. 집 앞에 있는 슈퍼로 달려가, 라면 두 봉지를 사왔다. 돈이 조금 남아 세일하는 아이스크림도 살 수 있었다.

얼마 지나지 않아 엄마는 일을 나갔다. 아는 사람이 소개해주어 용돈벌이 삼아 다니는 거라고 했다. 걸어다닐 공간이 몇 발자국 없는 집 안에서 하루 종일 누워 있는 것보다는 정신 건강에도 훨씬 나을 것 같았다. 몇 주 동안 그렇게 일을 나가는가 싶더니 어느 날은 일을 그만두었다고 하고, 다시 일을 나간다고 하는 상황이 한동안 반복되었다. 엄마는 내가 스무 살이 넘어서야 강남 아파트에 베이비시터 일을 나갔었다는 사실을 고백했다. 목 디스크와 허리 디스크로 오랫동안 치료를 받아온 사람이 노동을 하는 것이 육체적으로도 고되었겠지만, 아파트로 돌아가리라는 희망으로 버티는 사람이 아파트로 출퇴근하는 것은 정신적으로도 쉽지 않았을 것이다.

엄마가 비로소 정착한 곳은 강남경찰서 앞에 있는 한 회사였다. 엄마는 지하철 할인 매장에서 꼼꼼하게 고른 치마 정장을 입고 부지런히 출퇴근을 했다. 앉아서 하는 사무직이고 대우가 나쁘지 않다고 했다. 컴퓨터도 할 줄 모르는 엄마가 어떻게 사무직으로 취직한 것인지 잘 이해가 되지 않았지만, 얼마 지나지 않아 나는 다른 친구들처럼 학원을 등록하고, 개인 과외도 시작했다. 아빠는 내가 매점에서 사먹는 빵과 우유를 사먹을 푼돈을 걱정하지 않았지만, 엄마는 매일 2,000원씩 용돈을 챙겨주며 만화책 대여점에 들를 수 있는 여유까지 챙겨주었다. 그리고 몇 개월이 지나 과장, 차장 같은 직급과 엄마의 이름이 찍혀 있는 명함을 나에게 건넸다.

어린 시절, 초기 패밀리 레스토랑의 하나인 코코스가 집 근처에 있어서 우리 가족은 한 달에 한 번씩 그곳에서 외식을 했다. 나는 멜론소다가 나오는 어린이 세트, 엄마는 멕시칸 화이타를 시켰고, 아빠는 무엇을 시키든 메인 메뉴는 제쳐두고 흰 쌀밥과 김치, 된장국을 계속 리필해 먹었다. 아파트에서 이사를 나온 뒤로 우리는 한동안 외식을 가지 않았다. 엄마는 월급날마다 나를 회사 앞 코엑스로 불렀다. 그리고 마르쉐, 아웃백스테이크하우스, 베니건스 같은 패밀리 레스토랑에서 외식을 시켜주었다. 한껏 배불리 먹고 나면 메가박스에 가서 영화를 봤다. 한번 본 영화를 여러 차례 다시 보는 걸 좋아했던 나는 봉준호 감독의 〈괴물〉을 세 번 봤다. 우리 모녀의 의식은 2006년, 엄마가 회사를 그만둘 때까지 이어졌다.

가부장의 몰락

나는 아빠가 오랫동안 미웠다. 중학교 때부터 써온 싸이월드 다이어리를 살펴보면 며칠에 한 번씩은 아빠를 미워한다는 내용이 적혀 있었다. 요지는 돈 때문이었다. 어린 시절을 떠올려보면 아빠는 과묵하기는 해도 나에게 화를 내거나 소리를 지르는 사람은 아니었다. 아니, 나는 아빠에게 정말 귀한 늦둥이 외동딸이었다. 그래서 아빠는 나에게 무엇이든지 최고급으로 해주어야 한다고 생각했다. 그게 아빠의 스탠더드였다. 그냥 교육이 아니라 영재 교육, 그냥 아파트가 아니라 중대형 아파트, 그냥 원피스가 아니라 외제 원피스를 입혀야 직성이 풀렸다.

가족을 부양할 능력이 없는 가부장은 미덕이 없는 존재가 되었다. 40년대생인 아빠는 돈이 아닌 다른 의사소통 방법을 딱히 알지 못했다. 학비를 못 내서 교무실에 불려갔을 때도, 가스비가 연체되어 가스가 끊겼을 때도, 집에 빨간 딱지가 붙었을 때도, 아빠는 다음 주가 되면 해결될 거라고 했다. 정작 고지서를 들고 문제를 해결하는 사람은 엄마와 나였다. 나는 패닉 상태에 빠진 엄마를 붙들고 무료 법률자문을 알아보거나, 빨간 딱지가 붙은 컴퓨터 전원을 켜고 수행평가 과제를 했다. 미성년자인 나의 양육에 대해 전혀 고민하지 않고 문제 해결을 미래로 유예시키며 현실을 회피하는 아빠의 모습을 보면서, 해가 갈수록 화만 쌓여갔다.

아빠가 무슨 일을 하는지 의문을 가지고 물어보던 시기도 있었다. 아빠는 사업을 한다고 했다가, 문제를 해결하러 다닌다고 말을 바꾸었다. 그리고 사람들을 만나러 다닌다고 했다. 확실한 것은 '다음 주가 되면 무언가 될 것 같다'는 이야기였다. 뭐가 되는 것인지 물어보면, 그것은 때론 고급 빌라였다가, 때론 테마파크, 때론 호텔 사업이 되었다. 조금만 기다리라는 것은 언제까지를 이야기하는 걸까? 다음 주일까, 아니면 다음 달일까? 내년에는 혹시 사정이 나아지려나? 기대를 품었던 적도 있지만 해가 지나면서 기다림의 선택지는 없는 셈 치기로 했다. 아빠는 이 기다림이 가족 간의 믿음의 문제라고 생각하는 것 같았다. 하지만 사춘기 시절의 나에게는 당장 매점에서 간식을 사 먹을 수 있는 용돈을 받는 것이 더 중요했다. 오늘 먹어야 하는 빵을 언젠가 먹을 빵으로 묵혀둘 수는 없었다. 그 용돈을 주는 사람은 엄마였고 우리 집의 가장은 더 이상 아빠가 아닌 가모장인 엄마였다.

엄마가 아빠에게 생활비를 달라며 소리를 지를 때마다 아빠는 "남자가 하는 일에 여자가 재수 없게 토를 단다"고 화를 내며 문을 닫고 방에 틀어박혔다. 공과금 고지서가 쌓이다가 전기나 가스가 끊기면 엄마는 아빠가 정신을 차려야 한다며 밀린 공과금을 납부하지 않고 기다렸다. 며칠이 지나도 아빠가 이 문제를 해결하지 않으면 엄마는 마지못해 공과금을 냈다. 가스가 끊기면 버너로 물을 끓여 샤워를 하면 되지만 전기가 끊기는 것은 고역이였다. 냉장고 전원이 꺼지면 냉동실에 있던 음식물이 다 녹아버리기 때문이었다. 현관의 자동 센서등이 켜지지 않으면, '아! 전기가 끊겼군…' 생각하며 자연스럽게 신발을 벗고 집에 들어섰다가도 바닥에 물이 흥건하게 고인 냉장고를 발견하면 엄마에게 다급히 전화를 걸었다.

고등학생이 되었을 무렵부터는 엄마 옆에서 나도 함께 소리를 질렀다. 나는 무조건 엄마 편이었다. 가끔은 엄마가 아빠와 이혼을 하는 게 낫지 않을까 생각했다. 엄마가 아빠의 생활비까지 떠안을 필요가 없었다. 엄마와 아빠 사이가 좋은 것도 아니고, 서로 이 비상사태를 해결하기 위한 대책을 함께 마련하고 있는 것도 아닌데 가족이라는 이유만으로 이 모든 상황을 왜 엄마 혼자 감당해야 하는 것인지 이해가 되지 않았다. 어느 날은 마침내 엄마에게 이혼하라는 이야기를 입 밖으로 꺼냈다. 엄마는 그것만큼은 상상해본 적 없다는 듯 어이없어하는 표정을 지었다. 엄마는 아빠가 다시 큰돈을 벌어올 거라는 기대를 버리지 않았다. 엄마가 돈을 버는 것은 일시적으로 생활비에 보태기 위함이지 이 집의 가장은 여전히 아빠라는 것을 엄마는 한 번 더 강조했다.

왜 아직도 여전히 부동산일까

집의 평수는 이사를 갈 때마다 줄어들었다. 결국 가장 넓은 집에서 살 때에 비해 집의 크기는 반의 반보다도 더 줄어들었고 자가에서 전세로, 전세에서 월세로 바뀌었다. 하지만 가구는 여전히 47평 아파트 사이즈에 맞춰져 있던 탓에 집은 늘 발 디딜 틈이 없이 물건으로 꽉 차 있었다. 창문은 맞은편 빌딩과 맞닿아 있었는데 다행히 해는 잘 들었다. 거실이 없어졌으니 거실에 있던 물건은 모두 안방에 쌓였다. 주방에는 커다란 6인용 식탁과 세트로 맞춘 장식장이 덩그러니 놓여 있었다. 식탁을 작은 것으로 바꾸며 주방을 조금 더 넓고 쾌적하게 사용할 수 있지 않을까 싶어 엄마에게 식탁을 버리자고 하면 엄마는 정색했다. 그리고 강경하게 가구들은 버릴 수 없다고 했다. 왜냐하면 이 집은 임시로 살고 있는 곳이고 이 가구들을 모두 갖고 다시 넓은 평수의 아파트로 들어갈 것이기 때문에 지금 몽땅 처분하기엔 너무 아깝다는 거였다.

그날따라 식탁에 앉아 중간고사 시험 공부를 하다가 창문 바로 옆에 2절지 크기의 대한민국 전도가 붙어 있는 것이 눈에 들어왔다. 국토종합개발계획이 어디에서 이루어졌는지를 한눈에 볼 수 있는 지도였다. 이 지도는 도대체 언제부터 여기에 붙어 있었던 것일까? 이 지도를 왜 붙여놓은 걸까? 그러고 보니 안방에도 비슷한 지도가 붙어 있었다. 전국 도로 노선과 철도 노선을 살펴볼 수 있는 지도였다. 누군가 다 낡아 너덜너덜해진 종이를 투명한 테이프로 덕지덕지 붙여놓았다. 사회과부도에서나 보던 지도가 왜 벽에 붙어 있는 것인지 의아했다. 나는 엄마가 교육용으로 내가 볼 수 있는 곳에 걸어놓은 거라고 대수롭지 않게 여겼지만 한동안 그 지도들이 신경 쓰였다.

아빠 앞으로는 매달 수많은 편지가 도착했다. 학교를 마치고 오는 길에 나는 습관적으로 우편함을 확인하고 어떤 서류가 있는지 열어보곤 했다. 집에 가장 먼저 도착하는 사람이 나였던 탓에 나는 독촉장과 경고장을 제일 먼저 받아보는 사람이었다. 우리 가족의 생활이 왜 이렇게 변해버린 것인지 부모님은 제대로 설명해주지 않았기에 내 나름대로 이 모든 상황을 추측해보기 위한 방안이었다. 매달 측량 협회의 월간지가 왔고, 이것은 아마 아빠가 건축사업을 하던 때와 관련 있는 것이라 생각했다. 아직 협회 회원이라면 아빠는 계속 건축사업 관련 일을 하고 있는 것일까, 가늠해보기도 했다. 토지세 납부를 안 했다는 걸 보니 아빠 명의의 땅이 있다는 걸까? 안방에 차곡차곡 쌓여 있는 사은품 휴지에는 아파트와 오피스텔 분양 광고가 찍혀 있었고, 분양정보를 담은 안내지가 쇼핑백에 담겨 있을 때도 있었다. 아빠는 매일 집을 나서면서 도대체 뭘 하고 다니는 건지 도통 알 수가 없었다. 생활비를 전혀 주지 않는 것으로 보아 돈을 버는 일은 아닌 것이 분명했다.

엄마는 주말이면 식탁에 앉아 무언가를 노트에 빼곡하게 적어내려갔다. 주로 신문을 스크랩하는 거였다. 경제면에서 도시개발, 재개발과 관련된 기사를 가위로 오려내어 붙이고, 기사를 다시 손으로 필사했다. 그렇게 해야 머리에 입력이 잘된다고 했다. 엄마는 텔레마케터로 일한다고 했는데 왜 이런 공부가 필요한 것인지 이해가 되지 않았다. 무슨 일을 하고 다니는 건지, 정확히 어떤 회사인지 물어보면 엄마는 그냥 전화로 투자 권유를 하는 곳이라고 했다. 사람들이 모두 투자정보를 알고 싶어하지만 정확한 정보가 없으니 그러한 정보를 안내하는 전화를 거는 거라고 말이다. 전화를 거는 것으로 어떻게 회사가 돈을 번다는 건지 물어봐도 엄마는 자기는 그냥 사무직이고 강남에 회사가 있다고 말을 얼버무렸다.

나는 엄마가 준 명함을 인터넷에 검색해보기 시작했다. '삼○인베스트', '삼○에프엠' 같은 이름의 형태로 봐서는 삼○이라는 회사의 계열사인 것 같았다. 검색 포털에는 기획부동산이라는

'삼○'이라는 회사가 믿을 만한 투자처인지 물어보는 질문 게시글이 많았다. 자신의 부모님이 이런 곳에 투자하셨다고 하는데 믿을 수 있는 회사인지, 사기인지 물어보는 글이 주를 이루었다. 엄마는 주부로 살아왔는데 뒤늦게 부동산에 관심을 갖게 된 걸까? 건축 사업은 아빠가 했던 일이니, 부동산이라는 단어가 아빠와 관련이 있다는 것은 알았지만 엄마와 어떤 연관이 있는 건지는 추측이 되지 않았다. 각자 다른 일을 하고 있는 것처럼 보이는 불통의 두 사람은 왜 부동산이라는 단어로 연결되어 있을까? 부모님의 비밀을 밝혀낸 것만 같아 심장이 두근거렸다.

3장

모든 게 평범했던 그때 그 시절의 노동자 부부

울산광역시 남구 신정동 69시영아파트

알고 싶어서, 이해하고 싶어서

어린 시절부터 성인이 되어서까지 나는 내 인생에 있었던 여러 가지 변화의 이유를 해석하지 못해 마음 한편이 늘 답답했다. 부모님은 어른들의 일이라며 자세히 설명해주지 않았다. 성인이 되어서는 오래전 일을 왜 물어보느냐며 대답해주지 않았다. '도대체 중산층이던 우리 집은 왜 갑자기 망했을까?' '애초에 부모님은 어떻게 중산층이 될 수 있었을까?' '단란한 정상가족이던 우리 가족은 왜 서로 사이가 멀어졌을까?' '엄마는 왜 부동산 회사에서 일을 하게 됐을까?' '아빠는 아직도 건축사업을 하고 있는 걸까?' '그 많던 돈은 다 어디로 갔을까?' 머릿속에 질문이 끝없이 쏟아졌다.

대학에서 영화를 공부하고 있던 나는 학부 졸업이 두 학기 남았을 무렵 다큐멘터리에 관심을 가지고 타과 수업을 기웃거리고 있었다. 졸업한 뒤에 시나리오를 쓰면서 감독 데뷔를 준비하는 것이 막막하게 느껴졌고, 연출자로서 내 능력이 있는 것인지 확신이 없었다. 내 주변의 이야기, 내가 살고 있는 사회의 이야기도 이해하지 못하는데 허구의 이야기를 창작하고 싶지 않았다. 대신 교류가 가능한 타 학교에서 역사, 철학 강의를 수강하거나 내가 다니던 학교에서는 문화연구, 저널리즘, 다큐멘터리 강의를 들었다. 한 강의 시간에 구술생애사 인터뷰를 해오라는 과제가 있었다. 누구를 인터뷰하는 것이 적절할지 고민이 되었다. 그러다 문득 과제를 빌미로 부모님의 이야기를 자연스럽게 들어볼 수 있겠다는 생각이 들었다.

카메라를 들고 부모님 집으로 향했다. 성인이 된 후로 나는 부모님과 따로 산 시간이 길었다. 부모님 집에 가는 것을 별로 좋아하지 않았기 때문에 이동하는 시간 동안에는 언제 다시 나의 집으로 돌아갈지 머리를 굴리기 바빴다. 하지만 그날은 인쇄해간 질문지를 손에 쥐고 몇 번이고 다시 읽어보았다. 구술생애사 인터뷰는 태어나서부터 지금까지 생애 전반에 걸친 이야기를 듣는 것이기 때문에 몇 시간이 걸릴지 가늠하기 어려웠다. 게다가 극영화를 주로 만들었던 터라 누군가를 인터뷰하는 경험은 거의 전무했다. 혼자 촬영을 하면서 질문도 동시에 해보는 것은 처음이라 바짝 긴장이 됐다. 그러면서도 혹시 이 이야기로 짧은 다큐멘터리 영화를 만들 수 있지 않을까 하는 기대감이 부풀어올랐다.

카메라 앞에 서는 것은 부모님에게도 어색한 일이긴 마

찬가지였다. 엄마는 여러 차례 옷을 갈아입으며 어떤 옷이 화면에 잘 받는지 확인했고 아빠의 셔츠도 골라주었다. 집 안에서 촬영하는 거였지만 엄마는 잔뜩 긴장한 채 화장을 몇 번이나 다시 고쳤다. 엄마 인중에 땀이 송골송골 맺혔다. 녹화 버튼을 누르고 촬영이 시작되자 엄마는 갑자기 어색하게 존댓말로 말하기 시작했다. 랩을 쏟아내듯 빠른 호흡으로 엄마의 어린 시절 이야기를 들려주었다. 약 10여 분이 흘렀을까 엄마는 숨이 차다며 이제 이야기할 것은 다 했으니 그만 찍자고 했다. 그리고 녹화된 영상을 보고 싶다고 했다. 엄마와 작은 캠코더 화면을 한참 들여다보았다. 엄마는 옷이 마음에 안 든다며 옷을 갈아입고 올 테니 새로 찍자고 했다. 옷을 갈아입고 온 엄마는 한결 긴장이 풀어진 얼굴을 하고 있었다.

나는 부모님의 젊은 시절 이야기를 먼저 들어보고 싶었다. 생각해보면 부모님이 나를 키우기 전에는 어떻게 살아왔는지 아는 바가 거의 없었다. 단편적인 이야기만 가지고 두 사람의 삶을 이해하는 것은 불가능했다. 두 사람의 고향이 모두 경상도라는 것과 외가 친척들 대부분은 서울에 살고 있다는 것, 아빠는 안동농고를 나왔다는 것, 그리고 내가 태어난 뒤로는 아파트에서 살았다는 것, 아빠가 건축사업을 했다는 것 정도가 내가 아는 전부였다. 두 사람은 도대체 어떤 삶을 살아왔기에 현재의 모습을 하고 있는 것일까? 서울에 언제 상경했으며 어떤 연유로 건축사업을 시작했을까? 아파트에 처음 입주했을 때 기분은 어땠을까?

인터뷰를 여러 차례 진행하면서 동시에 자료조사를 시작했다. 부모님의 이야기를 듣고 당신들이 살아온 시대 배경 속에 두 사람을 위치시켜보면 지금 우리 가족이 왜 이런 모습을 하고 있는지 그 맥락을 이해할 수 있을 것 같았다. 부동산이 도대체 무엇이기에 잊어버릴 만하면 두 사람의 입에서 그 단어가 튀어나오는지 알고 싶었다. 부모님이 살았던 집과 도시의 이주 경로를 따라가며 같은 시기의 도시개발 정책과 경제 흐름을 전반적으로 살펴보기로 했다. 처음에는 대략적인 배경을 정리할 요량이었다. 그런데 정보가 모일수록 우리 가족의 역사가 한국의 도시개발사 그리고 부동산 투기의 흐름과 맞닿아 있는 지점이 아주 많다는 것을 알게 됐다. 새로 알게 된 정보를 토대로 추가 인터뷰를 진행했다. 마침내 흩어져 있던 퍼즐 조각이 하나씩 맞춰지기 시작했다.

신부 노해숙과 신랑 마풍락의 만남

1974년 경상북도 의성군의 의성예식장, 흑백 결혼사진 속 신랑과 신부가 잔뜩 긴장한 채 무표정한 얼굴로 서 있다. 신랑 마풍락, 신부 노해숙, 나의 부모님이다. 엄마의 이름은 바다 해海 자를 써서 노해숙인데 결혼식장에 쓰여 있는 이름은 '노혜숙'이다. 결혼한 지 30년이 넘게 지나 내가 발견하기까지 신부의 이름이 잘못 쓰여 있다는 것을 아무도 몰랐다.

1951년생인 엄마의 고향은 경상북도 군위군 산성면 봉림리이다. 엄마의 아버지인 외할아버지는 한 명이었지만 그 집안의 외할머니는 세 명이었다. 줄줄이 딸이 태어나는 바람에 외할아버지는 아들을 낳기 위해 새 부인을 두 번이나 들였다. 우리 외할머니는 외할아버지의 둘째 부인으로 엄마는 1남 3녀 가운데 둘째로 태어났다. 외할아버지는 대한통운 출장소의 소장이었다. 엄마는

신랑 마풍락 군과 신부 노해숙 양의 결혼식. 엄마의 이름이 노혜숙으로 잘못 표기되어 있다.
신식 예복을 입고 있는 아빠 그리고 하얀 웨딩드레스를 입은 엄마,
두 사람 모두 잔뜩 긴장한 채 무표정한 얼굴로 뻣뻣하게 서 있다.

외할아버지가 팔공산 군사기지 공사를 위해 열차에서 자재를 내려 수십 대의 수송 차량에 나눠 싣고 진두지휘하는 모습이 대단해 보였다는 이야기를 자주 했다. 교육은 아들만 받아야 한다는 외할아버지의 철학에 따라 엄마는 고등학교에 진학하지 못했다.

엄마의 언니인 나의 큰이모는 결혼 후 서울로 상경했고, 엄마의 동생이자 셋째인 나의 작은이모는 엄마가 고등학교에 가

지 못하는 모습을 보고 고집을 부려서 집안에서 유일하게, 딸이어도 고등학교에 진학할 수 있었다. 아들을 얻기 위해 오랫동안 세 집 살림을 하던 외할아버지 탓이었을까, 화병으로 마음 고생을 하던 외할머니는 뇌졸중으로 여러 차례 쓰러졌다. 그 뒤로 엄마는 몇 년 동안 외할머니를 간병했다. 1940, 1950년대생 여성들에게서 흔히 들을 수 있는 서사이지만 평생 이야기해도 엄마 가슴에서 지워지기 어려운, 복합적인 차별의 경험이었다. 외할머니가 일찍 세상을 떠난 이후 주변을 둘러보니 동네 친구들은 하나둘 시집을 가고 혼기가 넘은 엄마와 몇몇 친구들만이 고향에 남아 있었다.

"억울하지. 그때 당시에는 그래, 아들만. 아버지가 조카 셋을 대학 다 도움 주고 지극정성으로 교육비도 지원해주고 딸은 뒷전이야. 여자들은 남의 식구 되니까 공부 필요 없고 남자들만 시켜야 된다고. 내가 바짓가랑이 잡고 울었어. 학교 보내달라고. 그랬더니 필요 없다, 여자는 시집가면 끝나는데 뭐 하러 공부하려고 하냐. 그러다가 아버지가 나중에 내가 스물 몇 살 되니까 대구 학교 가볼래? 하시더라고. 만약에 내가 나가버리면 엄마가 잘못될 수도 있겠다 싶어서 대구 가서 공부할 생각을 못 했던 거야. 그것 때문에 가슴이 항상 찡하지."

— 엄마 구술생애사 인터뷰 중

1948년생인 아빠는 경상북도 의성군 단촌면 하화리에서 3남 1녀 가운데 막내로 태어났다. 중학교를 졸업한 이후 안동농업고등학교에 진학했고, 단촌에서 안동까지 기차로 통학을 하다가 수험생이 돼서는 안동에서 친구와 자취를 했다. 농고에 다녔지만 형제 간 나이 차이가 많이 나는 집안의 막내로 자라며 농사일이라고는 직접 해본 적이 없었다. 늦둥이로 태어나 용돈이 늘 부족하다 느꼈던 아빠는 마음대로 돈을 못 쓰게 하는 할아버지가 원망스러웠다. 공부를 '그냥저냥' 했던 아빠는 1968년 중앙대학교 정치외교학과를 낙방하고 한양대학교 2차 모집에 합격했다. 하지만 경제적인 이유로 가족들이 반대하는 바람에 대학은 진학하지 못했다. 곧바로 군대에 입대하고 아빠는 서울로 배치되어 대학생이 아닌 군인 신분으로 3년간 서울에서 복무한 후 고향으로 돌아왔다.

"아이고 아부지, 아부지가 화장실에서 나오는데 내가 막 아부지한테 고함을 질렀지. 돈도 안 주고 그러면 어떡하라고 하냐, 했는데 어어 하면서 쓰러지는 거야. 화장실에서 나오다가 어어 하면서. 꼭 나 때문에 그런 건 아니지만. 그래가 고혈압으로 쓰러져가지고. 아부지 안 됐어."

— 아빠 구술생애사 인터뷰 중

기차로 일곱 역 떨어진 곳에 살던 두 사람은 대한통운 소장이었던 외할아버지와 철도회사에 다니던 큰아버지의 주선으로 처음 만났다. 큰아버지가 우연히 외할아버지 집에서 밥을 얻어먹게 되었는데 그때 밥상을 차려 나온 처녀가 바로 엄마였다. 큰아버지는 막내가 결혼을 아직 안 했는데 울산에서 일을 하고 있다며 맞선을 주선했다. 결혼할 나이를 한참 넘긴 엄마의 거처를 고민하던 외할아버지는 결혼을 빠르게 진행했다. 참하다는 스물네 살의 엄마와 성실하게 공장에 다닌다는 스물일곱 살의 아빠는 그 시절 기준에서 혼기가 꽉 찬 상태였다. 엄마가 아빠의 마음에 들었는지는 알 수 없지만 "영 마음이 안 내킨다"는 엄마의 의견은 반영되지 않았다. 외할아버지의 엄령으로 두번째 만났을 때 약혼식을 올린 엄마는 그날 전화기가 있는 면사무소까지 달려가 큰언니에게 전화를 걸어 도움을 요청했다. 큰언니는 "야, 아버지가 나도 강제로 결혼시켰는데 너도 어쩔 수 없지 않냐"라고 했다. 그렇게 엄마와 아빠는 바로 결혼식을 올렸다.

중화학공업의 도시
울산에서 첫발을 떼다

울산은 1962년 시작된 박정희 정부의 '제1차 경제개발 5개년 계획'(1962~1966년)의 첫 사업으로 공업지구가 조성되어 개발이 한창인 신도시였다. 제대 후 고향에 돌아온 아빠는 일자리를 알아보기 시작했지만 가족들의 농사일 말고는 할 수 있는 일이 없었다. 농사에 관심이 없는 아빠는 가끔 필요할 때마다 손을 보탤 뿐 한동안 백수 신세나 다름이 없었다. 그렇다고 별다른 기술이 있는 것도 아니었다. 변변한 직장이 없으니 결혼을 할 수 있을 리 만무했다. 1974년 초, 아빠는 큰어머니 지인의 소개로 울산에 있는 공장에 일자리를 소개받았다. 특별한 기술이 없어도 일단 취직해서 일을 배울 수 있다고 했다. 고향에서 농사를 짓는 것보다 연고가 없더라도 신도시에 있는 공장단지에서 일하는 게 낫다고 생각한 아빠는 군말 없이 울산으로 이주했다. 그렇게 변변한 직장이 생겼다. 그해 겨울, 두 사람은 결혼 후 아빠의 직장이 있는 울산에 정착한다. 그때부터 두 사람이 울산에서 겪은 도시개발의 과정은 농촌에서는 경험할 수 없었던 급진적이고 새로운 감각으로 각인된다.

신도시 울산은 '새로운 도심 개발과 대규모 공업지구 건설'이라는 사업 방향에 따라 근대적으로 설계되었다. 정부 지원에 의존하여 택지개발이 이루어져 속도가 더딜 수밖에 없었기 때문에 도시개발사업에 필요한 경비를 충당하고 주민 참여를 적극적으로 유인할 수 있는 방법이 도입된다. 사업비 조달을 위한 체비지[1]가 책정된 것이다. 개발을 단계적으로 추진하면서 주민들과 개발 이익을 공유하는 것이 핵심이었다. 결과적으로 울산은 '산업 근대화'와 '기간산업(산업의 토대가 되는 산업)의 구축'이라는 두 가지 핵심 구호를 중심으로 특정공업지구로 지정되었고 산업 기반을 세우는 공업도시로 거듭나게 되었다. 동시에 지역 주민들을 비롯하여 일자리를 따라 새롭게 이주한 주민들은 개발 과정에 직간접적으로 참여하면서 근대 도시 형성 과정을 일상생활 속에서 경험한다.[2]

아빠가 취직한 곳은 울산 선경합섬(현 SK케미칼)이었다. 1966년 '제2차 경제개발 5개년 계획'(1967~1971년)이 시행되면서 석유화학은 핵심 사업이 되었고, 이에 따라 석유화학공업 개발계획이 확정되면서 1968년 울산석유화학단지가 기공된다. 울산석유

1 체비지란 "도시개발사업으로 인하여 발생하는 사업비용을 충당하기 위하여 사업시행자가 취득하여 집행 또는 매각하는 토지를 말한다."(도시개발법 제34조, 〈도시개발업무지침〉, 토지이용규제정보서비스 용어사전).

2 곽경상, 《박정희 정권 초기 공업센타 울산의 건설계획과 추진》, 역사와 현실, 2019.

선경합섬주식회사 울산 공장 새마을연수원 제12기 수료 기념 단체사진이다.
아빠는 마지막 줄 오른쪽에서 세번째에 있다.

화학단지는 1972년 완공되는데 이때 대한석유공사를 비롯한 9개의 공장 가동이 시작된다.[3] 1974년 7월에는 선경이 울산 폴리에스터 원면공장을 준공하며 석유화학산업에 진출한다. 이는 단일 섬유 생산시설로는 아시아 최대 규모를 자랑했다.[4] 그해 아빠는 기술직으로 공장에 입사했다. 새로운 지역, 새로운 도시, 새로운 회사에서 새로운 가정을 꾸린 아빠는 월급을 받는 가장으로서 새로운 생활을 시작했다.

3 고나영 외, 《한국 석유화학산업의 특성과 글로벌가치사슬 참여 구조 변화》, 한국경제지리학회지, 2020.
4 SK케미칼 공식홈페이지.

공업도시 울산에 급격한 인구 유입이 이루어졌다. 1962년 약 8만5천여 명이었던 인구는 1979년 약 39만3천여 명으로 약 4.5배 증가했다. 이 가운데 20, 30대 연령층은 울산 전체 인구의 30~40%를 차지했다. 울산석유화학단지가 개발되면서 단기간에 일자리가 폭발적으로 늘어났고, 주변 지역 가운데 경상남도와 경상북도 인구의 울산 이주가 촉발됐다.[5] 부모님이 신혼집으로 자리 잡은 곳은 공업지역의 서북쪽에 위치한 신정동이었다. 1960년대 울산은 공업지역을 중심으로 개발이 이루어지는 바람에 주거 지역에 대한 고려가 빠져 있었다. 동시에 공장 지역에 살고 있던 원주민들은 마을 전체가 공장 부지로 지정되면서 강제 이주를 당했다. 1970년대에 들어서 공장에 취업해 이주해온 외지인들이 급격하게 늘어나면서 뒤늦게 주택 건설이 이루어지기 시작했다. 부모님이 정착한 남구 신정동은 태화강변의 옛 시가지와 도시 남쪽의 공업지구를 잇기 위해 주거지로 개발된 대표적인 신시가지였다.[6]

5 "울산은 1962년 6월 1일 시로 승격된 이래 1979년까지 17년간 다른 어느 도시보다 두드러진 인구증가를 경험하였다. (중략) 1962년 현재 85,082명으로 시작된 울산시의 인구가 1979년에는 무려 393,431명으로 약 31만 명이 증가한 것이다."(김정배, 《1960~70년대 울산의 인구구성과 특징》, 울산학연구보고서, 2006).

6 허영란, 《국가주도 경제개발계획의 역사성 탐색과 로컬리티의 재구성 연구—울산공업센터 지정 및 공업화의 역사성과 로컬의 경험을 중심으로》, 한국연구재단, 2012.

투자의 맛:
순식간에 8배로 늘어난 자산

결혼 전 직장 생활을 시작한 아빠는 가족의 도움을 마다하고 스스로 모은 목돈과 엄마의 혼수 비용을 합쳐 방 두 칸짜리 전셋집을 마련했다. 두 사람의 신혼살림이 시작됐다. 당시에 세를 들어 산다는 것은 지금처럼 세대가 완전히 분리되어 주거 공간이 나뉘어 있는 게 아니라 공용 공간을 주인 세대와 공유하는 경우가 흔했다. tvN 드라마 〈응답하라 1988〉에 나오는 것처럼 1층 방 한 칸에 부엌 한 칸을 나누어 세를 주거나, 세대는 분리되어 있지만 같은 대문으로 출입하고 화장실을 공동으로 쓰는 식이었다. 지금처럼 2년 단위로 계약을 하는 것도 아니라서 6개월을 기준으로 셋돈이 올랐다. 그래서 무주택 서민들의 생활 기준이 6개월이었다.[7] 작은 마을이었지만 큰 부족함 없이 고향에서 자란 엄마는 남의 집에서 세를 들어 산다는 것에 도무지 적응이 되지 않았다. 불을 켜놓을

7 전남일, 《집: 집의 공간과 풍경은 어떻게 달라져 왔을까》, 리디북스, 2015.

때도, 물을 쓸 때도 눈치가 보였다.

결혼한 지 9개월이 지났을 무렵, 엄마는 주변 아파트를 보러 다녔다. 전셋집에서 조금만 더 보태면 어떻게든 아파트를 살 수 있을 것 같았다. 1975년 당시 아빠의 월급은 약 4만 원으로 나쁘지 않은 수준이었고,[8] 아파트 매매가는 100만 원 정도였다. 결혼할 때 시가의 도움을 안 받았으니 돈을 빌리는 것은 괜찮지 않을까? 구체적인 실행 계획이 그려졌다. 엄마는 45만 원을 빌려오라는 미션을 주고 아빠를 고향집에 보냈다. 방 한 칸 몫을 빌려오라는 거였다. 시가에서는 시집온 지 얼마 되지도 않아 애도 없으면서 당돌하게 돈을 달라고 하느냐며 아빠를 혼내고 돌려보냈다. 엄마는 포기하지 않았다. 2차로 아빠를 다시 보냈다. 아빠는 또 혼나서 울산에 돌아왔다. 엄마는 아빠에게 원래 우리 신혼살림에 보태주려 했던 돈이었으니 어떻게든 설득해 오라 했다. 3차 방문이 이어졌다. 시가는 엄마의 주장에 두 손 두 발을 들고 돈을 빌려주었다.

엄마 눈에 들어온 집은 울산에서 가장 오래된 공동주택인 신정동의 '69시영아파트'였다. 매물이 나오자마자 엄마는 일단 계약을 저질렀다. 1년 뒤 아파트 값이 껑충껑충 뛰기 시작했다. 1975년 100만 원에 산 아파트는 1977년이 되어 2년 만에 300만

8 "70년대 직종별 임금 추이: 전문 기술직 1975년 36,034원, 1977년 136,004원, 1979년 211,487원 / 행정 관리직 1975년 98,511원, 1977년 103,668원, 1979년 142,219원 / 사무 관리직 1979년 54,095원, 1977년 103,668원, 1979년 142,219원 / 판매직 1975년 34,845원, 1977년 52,182원, 1979년 98,375원 / 서비스직 1975년 26,364원, 1977년 47,865원, 1979년 77,259원 / 생산직 1975년 25,494원, 1977년 46,639원, 1979년 78,434원."(성공회대학교사회문화연구소, 《1970년대 산업화 초기 한국 노동사 연구—노동운동사를 중심으로》, 2002)

울산에서 시작한 신혼생활 중인 막내아들(아빠) 집에 놀러 온 할아버지와 기념 사진. 울산의 랜드마크인 울산 로터리 공업기념탑 앞에서 엄마, 할아버지, 아빠 세 사람이 서 있다. 정장 차림을 한 아빠, 원피스를 입고 구두를 신은 엄마와 달리 한복을 입고 지팡이를 짚은 할아버지의 모습이 대조되어 보인다.

원이 되었다. 자산이 무려 3배나 늘어난 것이다.

엄마는 주변 신축 아파트 공사 현장을 유심히 보기 시작했다. 공업탑로터리에 있는 새 아파트가 눈에 띄었다. 울산의 상징과도 같은 공업탑의 정식 명칭은 울산공업센터 건립기념탑, 일명 울산공업기념탑으로 중화학공업 신도시의 랜드마크와도 같았다. 공업탑로터리는 신도시인 신정동에 위치해 있었다. 다섯 개의 기둥은 경제개발 5개년 계획이 순조롭게 이루어지고 울산의 인구가 50만 명이 넘기를 기원하는 상징이었다.[9]

9 김미정, 《한국 산업화시대의 유토피아적 비전》, 한국근현대미술사학회, 2009.

1960년대 중반까지만 해도 허허벌판에 공업탑만 덜렁 서 있었지만, 몇 년 사이 건물들이 빼곡하게 들어서고 있었다. 엄마는 지금 가지고 있는 자금에 조금 더 보태어 새집으로 이사를 가면 또 이익금이 남을 것이 분명하다고 확신했다. 울산은 한창 개발 중이었고, 1970년 27만5천여 명이었던 인구는 1975년 36만 8천여 명, 1980년 80만여 명으로 늘어나며 주거지역 역시 빠르게 확장되고 있었다. 엄마는 친척들에게 돈을 빌리기 시작했다. 이자를 은행보다 많이 쳐주겠다고 했다. 부족한 자금을 확보한 엄마는 아빠 몰래 400만 원 주고 24평짜리 광활한 크기의 새 아파트를 과감히 계약했다. 얼마 지나지 않아 아파트 매매가는 800만 원으로 2배 뛰었다. 100만 원의 종자돈이 단 4년 만에 800만 원으로 불어난 것이다.

집장사 한번 안 해볼래?

"회사를 왜 그만두기로 했냐면, 어렵지만 이게 안 되겠어. 몸이 내 몸이, 저녁에 야근하고 하니까 몸이 막 엉망이야. 지금도 봐라 잠 못 자서 내가 약 먹고 자잖아. 회사 생활을 해보니까 막 지쳐버려. 잠을 못 자니까. 교대근무를 하니까. 지금도 다 그래. 공장 가면 사람 얼마나 죽어간다고. 공기가 나빠서. 공장이 3교대야. 전부 다 그렇지만은. 아침에 근무하고 그다음 주 가가는 또 저녁근무. 그다음 주는 야간. 어느 공장이라도 뭐 현대조선소나 현대자동차 뭐 똑같은 거야. 밤을 새야 하잖아. 공장은 잘못하면 기계가 큰일 나거든. 항상 체크하고 그러는 거지. 그때 월급이 한 4만5천 원, 5만 원 이랬어. 큰 돈이지. 지금 500만 원 되지. 일을 해가 힘든 게 아니라 잠을 못 자니. 공장은 잠을 자면 큰일 나거든. 기계가 멈춰버리면 큰일 나. 공장 생활 오래 해봤자 그게 그

울산 태화강 야유회에서 아빠와 동료들이 물놀이를 하고 있다.
오른쪽에서 두번째, 가장 환하게 웃고 있는 사람이 아빠다.

거고 그래가 처형이 뭐 건축업 한다고 그래 그캐가."

— 아빠 구술생애사 인터뷰 중

엄마가 중산층 가정으로의 진입을 시도하는 동안 아빠는 공장에서 일하는 것에 대해 점점 회의감이 들었다. 동료들과 태화강 야유회에 가거나 함께 동고동락하듯 일하는 것은 좋았지만, 수면 부족은 큰 문제였다. 교대근무를 하며 밤낮이 시도 때도 없이 바뀌었고, 야간 근무가 없을 때도 야근을 밥먹듯이 해야 했다. 불면증이 심해졌다. 1973년, 오일 쇼크가 강타하면서 국내 경제 성장세가 잠시 주춤했다. 정부 입장에서는 성장세에 박차를 가하기 위해 노동 생산성을 높일 필요가 있었다. 이를 위해 박정희 정부는 1976년부터 본격적으로 '공장 새마을운동'을 시행했다. 그리고 공장을 중심으로 '새마을 성과급제'를 도입한다.[10] 관리자가 노동자의 근무 태도에 따라 등급을 나눈 뒤 입사 연도와 관계없이 성과급으로 임금을 지급하는 방법이었다. 특히 선경합섬은 생산 공정을 압축하기 위해 기술 개발에 집중하여 생산시설을 빠르게 전환해나갔다.

어느 날 엄마는 서울에 먼저 자리를 잡고 있던 큰언니에게 전화를 한 통 받았다. 요즘 서울에서 새로 사업을 시작했는데 수입이 좋다는 것이었다. 나의 큰이모인 엄마의 큰언니는 소규모 건설업, 즉 '집장사'로 주택을 짓는 사업을 하고 있었다. 마침 아파트로 목돈을 굴려본 엄마는 귀가 솔깃했다. 이미 지어진 집을 사서 집값이 오르길 기다리는 것보다 애초에 집을 지어서 팔면 훨씬 이득이 클 것 같았다. 엄마는 아빠에게 언니가 서울로 올 생각이 없는지 생각해보라고 했다며 슬쩍 의견을 피력했다. 아빠는 새로운 사업에 대한 자신은 없었지만, 평소에도 유난히 따르던 처형(큰이모)이 도와준다면 서울에서 새로운 생활을 시작할 수 있을 것 같았다. 큰이모는 월급쟁이로 평생 살아봤자 큰돈 벌지도 못하니, 서울에 올라와서 같이 사업을 하자고 아빠를 설득하기 시작했다. 자신이 아는 업자들이 서로 연결되어 있으니 올라오기만 하

10 행정안전부 국가기록원 새마을운동 기록물 카테고리 내의 새마을운동 추진내용 카테고리 내의 분야별 개관 카테고리 내의 공장새마을운동 (https://theme.archives.go.kr/).

면 자기 밑에서 일을 조금 배우다가 아빠 본인 사업을 하면 된다는 것이었다. 얼마 간 고민하던 아빠는 회사를 그만두고 사업이야 어찌 되었든, 서울에서 다시 취직을 하기로 했다. 엄마는 아파트를 부동산에 내놓고 서울에 자리 잡을 목돈을 마련하기 시작했다. 1978년, 두 사람은 퇴직금 400만 원과 아파트를 처분한 돈 몇 백만 원을 가지고 서울로 향했다.

"이제 무조건 서울로. 아빠가 여기 다시 취직한다고 왔어. 이모가 야 저기 월급쟁이로 살아봐야 평생 월급만 받고 입에 풀칠밖에 못 하니까 사업을 해라. 아빠가 뭔 사업을 해 갑자기. 그러면 이제 일단은 이모가 건축을 하고 있었으니까. 이거 하면 손해는 안 본다고. (중략) 그때가 30대 초반. 걱정이 안 됐어 엄마는. 뭐 설마 길이 열리겠지. 엄마는 뭐 불안하고 그런 게 없었거든. 뭔가 하면 된다는… 엄마는 좌우명이 그래. 하면 된다. 행운은 안 그래? 내가 뭘 열심히 해야 운도 따르는 거지."

— 엄마 구술생애사 인터뷰 중

4장

집장사와 88올림픽

서울특별시 강남구 천호동 단칸방

서울로, 서울로 가자!

"시골에 땅, 내 앞으로 되어 있는 걸 형한테 팔고 퇴직금하고 다 해가 암사동부터. (중략) 울산에서 답사 안 왔어. 그냥 올라와버렸어. 올라온다 카고. 처음에 지금 천호동사거리 있잖아. 그 광성교회 근방에 이사를 왔지. 처형한테 돈 주니까 곧장 방 한 칸짜리하고 화장실 있는 거. 그거 얻어 거기서부터 또 시작했는 거지."

— 아빠 구술생애사 인터뷰 중

살림살이를 바리바리 실은 트럭 앞 좌석에 구겨져 탄 엄마, 아빠, 운전 기사 세 사람은 울산에서 서울까지 먼 길을 떠났다. 울산의 아파트를 포기했지만 1978년 당시 엄마는 스물여덟, 아빠는 서른하나의 청춘이었다. 두 사람이 정착한 곳은 천호동이었다. 당시 천호동은 강동구가 아니라 강남구에 속해 있었다. 강남은 지금보다 훨씬 더 광범위한 지역으로 현재의 강남구와 전혀 다른 형태를 띠고 있었다. 강남구는 우측에 위치한 현재의 강동구와 송파구, 좌측에 위치한 현재의 서초구를 모두 포함했다. 강동구, 송파구, 서초구는 당시에 아직 존재하지 않는 지명이었다. 강남구의 인구가 폭발적으로 증가하면서 행정구역이 분화되기 전 영등포 동쪽의 광범위한 지역을 영동, 강남이라고 일컬었다.

두 사람이 살 집은 큰이모가 구해줬다. 사업 자금을 제외하고 살 수 있는 집은 주방이 하나 딸린 단칸방이었다. 경상도가 고향이었던 집주인들은 동향인 젊은 부부에게 호의적이었다. 남의 집 살림을 다시 하게 됐지만 이 생활은 금방 끝날 거라는 믿음이 있었다. 이사를 오는 사람들은 많았지만 주택은 부족했고 여기저기가 모두 집을 짓는 공사장이었다. 막 도로 공사를 끝낸 허허벌판의 동네 풍경은 오히려 새 도화지의 첫 장과 같은 설렘을 불러일으켰다.

제2롯데월드 타워 공사가 시작될 무렵, 나는 뉴스를 통해 송파의 일부 지역이 땅이 아니라 한강 물줄기가 흐르는 곳이었다는 사실을 처음 알게 되었다. 싱크홀 문제가 큰 화제였다. 송파 지역에는 국내 최대 높이 빌딩의 터 파기 공사와 지하철 9호선 공사가 함께 진행되고 있었다. 석촌호수 인근의 방이동, 송파동 일대에 싱크홀이 생겼다는 소식이 자주 들려왔다. 이곳은 원래 땅이 아니라 한강을 메워 만든 매립지이기 때문에 지반이 견고하지 않기 때문이라고 했다. 싱크홀 발생 지역 인근의 한 다세대주택은 건물이 기울어져 보강 공사가 진행되기도 했다. 그러나 지역 주민들은 '지반 싱크홀'보다는 부동산 가격이 폭락할까봐 '집값 싱크홀'을 더 걱정하고 있다는 기사가 나온 참이었다.

누에를 치던 곳이라 '잠실'이라는 이름이 붙은 이곳은 원래 성동구와 붙어 있던 거대한 모래땅이었다. 잦은 홍수로 강북과 분리가 되면서 아예 섬이 되었는데, 1970년까지는 부리도와 잠실섬으로 불렸다. 1971년 잠실지구 공유수면 매립공사가 시작되면서 본격적인 새 땅 만들기가 시작되었다. 도시개발이 한창이던 시기 허허벌판이던 땅이 천지개벽할 변화를 겪어 빌딩숲이 되었다는 이야기는 익숙했지만, 현재의 시화호 매립사업과 같은 거대한 토건사업이 과거에 서울 변방에서 이루어졌다는 사실은 어느 낯선 나라의 전래동화를 접하는 것처럼 생소했다.

박정희 정부의 잠실지구종합개발기본계획이 본격적으로 시행되면서 잠실은 당시로서는 드물게 계획도시로 개발되었다.[1] 개발계획에 따라 건설된 대표적인 건축물이 잠실주공아파트와 잠실종합운동장이었다. 부모님이 강남구 천호동에 자리를 잡기 1년 전쯤 아파트단지가 완공되었다. 현재의 강동구, 송파구, 서초구를 포함하고 있던 당시의 강남은 기존에 볼 수 없었던 대규모 신도시

1 "박정희 정부는 1963년 한강 이남지역으로 행정구역을 대대적으로 확장하면서 토지구획정리사업을 위시로 한 시가지화를 활발히 진행한다. 잠실지구는 이 시기 인근 영동지구와 함께 강남개발의 중요한 한 부분으로 시가지화되면서, 1971년 '잠실지구토지구획정리사업', 1973년 '영동·잠실 신시가지 조성계획', 1974는 '잠실지구종합개발기본계획'이 순차적으로 시행된다."(김진희 외, 〈1974년 「잠실지구종합개발계획」의 성격과 도시 계획적 의미 연구〉, 《도시설계》, 한국도시설계학회지, 2010)

였다. 특히 잠실주공아파트는 서울에서 보기 드문 대규모의 아파트단지로 최첨단 시설을 자랑했다. 강남은 전례 없이 역동적이고 유동적인 공간이었다. 있던 집이 사라지고, 없던 땅이 만들어지며, 대단지 아파트가 순식간에 들어서는 천지개벽의 풍경이 펼쳐졌다. 부모님이 서울에 상경하여 목도한 것은 이렇게 스펙터클한 풍경이었다. 무한한 가능성을 상상할 수 있었고, 상상력을 뛰어넘는 일들이 현실에서 구현되었다. 부모님이 자리 잡은 천호동은 바로 이 현대식 신도시 옆에 위치해 있었다.

엄마가 처음 상경한 것은 10대 후반 무렵이었다. 중학교를 졸업한 후, 엄마는 그렇게 가고 싶어하던 고등학교에 진학하지 못한 채 경상도 어느 두메산골에 갇혀 이른 아침부터 집안일을 도우며 지냈을 것이다. 엄마는 서울에 있는 언니네 집에 놀러 가기로 결심한다. 난생처음으로 오랜 시간 기차를 타고 서울역에 도착했을 것이다. 마치 처음으로 장시간 비행 후 백인으로 가득한 런던 히드로 공항에 도착했던 나의 첫 배낭여행의 순간 같았을 것이다. 거대한 낯섦에 압도되었지만 새로운 모험을 떠나는 기대감과 두려움이 뒤섞여 심장 박동소리가 귀에까지 들려오던 그 느낌이 아직 생생하다. 아마 엄마도 그런 기분이지 않았을까? 아는 사람뿐이던 안전한 시골 마을을 떠나 낯선 인파로 가득한 곳에서 엄마는 무사히 큰언니를 만났다. 만일 엄마가 지하철을 탔다면, 지하 동굴을 빠른 속도로 통과하는 커다란 기차를 보고 입을 다물지

서울에 상경한 지 얼마되지 않아 친척들과 한강 둔치에 놀러 가서 찍은 사진으로 추정된다.
웃음을 참고 있는 엄마와 그런 엄마를 바라보는 아빠의 다정한 표정이
나에게는 어색하기만 하다.

못했을 것이다. 지하철이 아니라 버스를 탔다면, 하늘 위를 달리듯 청계고가를 타고 서울 외곽 지역까지 도심 풍경을 구경하며 이동했을 것이다. 그렇게 도착한 강동구에서 고개를 들어 하늘을 보면 크레인과 철근 콘크리트가 솟아 있는 풍경이 펼쳐졌을 것이다. 그리고 엄마는 끝이 보이지 않는 트럭의 행렬을 보며 입을 다물지 못했을지도 모른다. 갓 서른이 넘어 서울로 이주한 엄마는 이 기회의 땅에서 새로운 도전을 눈앞에 두고 있었다.

"우리 때는 서울 산다고 하면 얼마나 좋았는데. 아빠는 군대를

서울로 왔으니까 처음에 신기했지. 서울이 발전돼 있으니까. 남산 하얏트호텔 자리에서 근무했거든. 서울에 차도 많고 집도 많고 신기하지. 강동구 하나 크기가 울산만 하니까. 큰 한강도 있고 천호대교도 있고. (중략) 내 마음은 뭐 하나지. 돈 벌어가 잘살아야 된다 이 심정이지. 서울에서 뭐 누가 10원짜리 하나 줄 사람이 있어? (중략) 인구는 막 늘지 집은 없지 하니까 땅을 사서 짓는 사람이 돈을 벌었지. 잠실에는 아파트가 있었지만서도 천호동에 아파트 같은 거는 아무것도 없었어. 허허벌판이지. 허허벌판이라고 하는 거는 집이 한 채도 없다는 게 아니라 땅이 있는데 시에서 구획 정리를 했다는 거지. 집 짓는 사람, 집장사들이 전부 강동구로 모여서. 암사동부터 잠실까지 전부 공사장으로 퍼뜩 차버리지."

— 아빠 구술생애사 인터뷰 중

집으로 장사를 하는 사람들

부모님의 구술생애사 인터뷰를 하던 중, 부모님이 말하던 건축사업이 사실은 '집장사'였다는 것을 처음 알게 되었다. 집장사라는 단어가 아빠 입에서 튀어나왔을 때, 나는 그게 무엇을 뜻하는 것인지도 정확히 알지 못했다. 집장사? 집으로 장사를 하는 건가? 장사를 어떻게 한다는 거지? 집을 지어서 판다는 걸까? 그랬다. 집장사는 정말 집을 지어서 파는 장사를 의미했다.

"회사 다닐 때랑 차이가 많이 나지. 회사 다니는 것보다야 훨씬 낫지. 내 사업이니까. (중략) 정확하게 뭐냐 카면 땅을 사가지고 집을 지어가 일꾼들 뭐 있잖아 해서 집을 지어서 팔지 팔어. 큰 집을 파는 거야. 그러면 좀 남고 그래 한 거지. 맨(그냥) 건설업자. 작아서 그렇지 아파트 짓는 거랑 비슷한 거야. 일꾼들 데리고 짓고 다 지으면 아파트도 분양하잖아. 그래가 하고 또 하고 그랬던 거지. 아파트는 안 했지만 빌라도 짓고 했지. 많이 했어."

— 아빠 구술생애사 인터뷰 중

정확히 집장사란 소규모 건설업을 하는 부동산 개발업자를 지칭하는 단어이다. 동네에 따라서 시대에 따라서 '연립업자' '연립주택건축업자' '영세주택업자' '건축업자' 등으로도 불렸는데 요즘은 '부동산 디벨로퍼'라고도 많이 불리는 듯하다. 집장사는 일제 강점기로 거슬러 올라갈 만큼 그 역사가 길다. 신문 기사에서 집장사라는 단어가 직접 등장하기 시작하는 때는 한국전쟁 휴전 직후인 1955년부터이다. 집장사에 대한 사회적 인식은 그때나 지금이나 부정적이었다. '장사'라는 단어가 붙어 있는 것처럼 '집'보다는 '장사'에 더 진심으로 보였기 때문이다. 사람이 살기 좋은 집을 짓는 것보다 수익을 많이 내기 위해 날림 공사를 하는 경우가 많다는 것이었다. 한국전쟁 직후에도 집장사들이 졸속으로 지은 주택들이 사회문제가 되고 있다는 것을 신문 기사에서 쉽게 찾아볼 수 있다.[2] 1960년대 중반 들어 서울의 행정구역이 확장되고 대규모 도시개발이 계획되면서 국가 주도의 주택 건설이 본격적으로 시작되었기 때문에, 그전에는 민간 주도의 소규모 신축주택 건설이 주류를 이루었다.[3] 대기업 건설사는 아직 등장하기 전이었다.

1970년대 들어 본격적으로 공공 주도의 대규모 택지 개

2 "종래 집장사들의 허잘 것 없는 집짓기의 악풍을 완전히 없애 버릴 것도 생각 하여야 할 것이다."(조선일보, 〈주택 대량 건축계획 안을 중심으로〉, 1955년 5월 22일).

발이 시행되면서 민간 건설사들도 사업을 확장해나갔다.[4] 집장사가 지은 집에 대한 인식은 여전히 부정적이었지만[5] 이 업계가 돈이 된다는 것도 사람들은 잘 알고 있었다. 특히 1973년 10월 석유파동은 집장사 수완에 있어 하나의 분수령이 되었다.[6] 일시적으로 원유와 원자재 가격이 상승하면서 건축업계에 어려움이 들이닥쳤지만, 결과적으로 인플레이션이 증폭되면서 은행의 예금 자금이 부동산으로 흘러든 탓이었다. 1973년 물가상승률은 3.2%, 1974년에서 1975년 사이 물가상승률은 무려 24%였다. 물가가 오르면서 돈의 가치가 떨어지자 은행 예금을 가진 사람은 전적으로 불리한 입장이 되었다. 대신 부동산과 같은 실물자산을 가진 사람의 수익은 비교가 되지 않을 정도로 커졌다. 부동산 시장에 거품이 형성되기 시작했다. 부업으로 집장사를 하던 사람들, 즉 약간의 투자를 하던 사람들은 이러한 흐름에 발맞추어 너도나도 주택산업에 전업으로 뛰어들기 시작했다. 은행에 착실히 예금을 해서는 빠르게 상승하는 물가를 따라잡을 수 없었기에 통장 밖에서 '돈

3 "도시인의 54%가 무주택자인데다 그나마 신축주택은 모두 집장사의 장사 속에만 맡겨진 현 실적에서 시급한 시민주택의 조립화와 고밀도화를 중심으로 한 서민 주택 백서가 7일 서울 공대 주택문제연구소(소장 김희춘 교수)가 주최한 제4회 전국학생주택문제 세미나에서 밝혀져 주목을 끌었다."(동아일보, 〈서민주택백서〉, 1967년 10월 12일)

4 "최근 부동산 소개업소에 의하면 변두리 지역의 토지 매매에 관한 문의가 쇄도하고 있다는 소식이다."(매일경제, 〈나의 집 설계〉, 1971년 2월 13일)

5 "흔히 '집장사'라 불리어지는 영세주택업자들은 사실상 설계나 규격자재사용, 기초공사 등에 대해서는 거의 관심을 갖지 않았고 지상의 건물 특히 외관 등에 대해서만 신경을 써 건전한 주택으로서의 품위를 갖추지 못했던 것도 사실이다."(매일경제, 〈주택건축 절차 간소화에 양론〉, 1975년 11월 14일)

6 "업체의 신설, 기존 업체의 전업이 활기를 보인 것은 70년대 중반에 들어선 후의 일이다. 분수령을 만든 것은 토지를 비롯 부동산 투기를 가열시킨 73년 10월의 석유파동이며 주택산업은 이때를 발아기로 갖게 됐다."(매일경제, 〈성장과 투기로 점철 70년대 부동산 결산 〈3〉 주택산업 발흥〉, 1979년 12월 11일)

1980년대 강동구 성내동의
다세대주택 부지로 매입한 땅.
오른쪽에 하얀 셔츠를 입고
손을 모으고 있는 사람이 아빠다.

을 굴리는 것'이 훨씬 이득이었다. 큰이모네 가족이 집장사를 시작한 때도 바로 이 무렵이었다.

사람들은 보통 도시가 개발되기 이전의 땅을 볼 일이 별로 없다. 집을 구할 때 주로 가장 먼저 단지 위치와 교통 인프라를 알아볼 것이다. 직장까지 몇 분이 걸리는지, 아파트단지 인근에 마트나 학교, 공원이 있는지 같은 조건을 따져본다. 그다음에 모델하우스로 가 집 안을 본다. 아파트 설계가 널찍하게 '잘 빠졌는지' 같은 것들 말이다. 하지만 엄마 말에 따르면 땅을 보는 사람들은 '깃발'과 '바둑판'을 먼저 본다. 깃발은 곧 토지구획정리사업이 시작된다는 것을 의미한다. 도시를 개발해 나가는 과정에서 첫 단추가 되는 것이 바로 토지구획정리사업이기 때문이다. 토지 구획이 되었다는 것은 이곳에 대규모 개발이 예정되어 있다는 뜻이다. 흰색 깃발은 강제 수용된 토지, 노란 깃발은 토지 보상이 협상 중인 토지, 파란 깃발은 토지 보상이 원활히 진행 중인 토지, 빨간 깃발은 토지 보상이 완료된 토지이다. 도시 개발 예정지를 유심히 살펴보면 이러한 깃발이 도로나 집을 따라 여기저기 꽂혀 있는 것을 알아챌 수 있다. 토지가 강제 수용되었거나, 이미 보상이 완료가 된 상태라는 것은 개발사업 시행이 얼마 남지 않았다는 것이다.

토지가 수용되고 나면 토지를 구획하는 절차가 이어진다. 그리고 구획별로 주택용지, 상업시설용지와 같은 용도가 정해진다. 이쪽 구역은 사람이 거주하는 곳, 저쪽 구역은 상가가 있는 곳, 이렇게 구역의 용도를 미리 정해주는 것이다. 이러한 토지구획정리사업은 그곳에 있던 모든 것을 지워버린다. 기존의 주민은 철거민이 되고, 철거민이 살던 집은 헐리고, 사람들이 오가던 도로는 사라지고, 그 일대를 모두 아무것도 없는 평평한 땅으로 수렴시킨다. 그렇게 새 도로를 따라 구획이 정리된 허허벌판의 땅은 마치 '바둑판' 모양처럼 보인다. 필지가 잘 나뉘어 있는 주택용지는 투자의 백지수표로 일컬어진다. 1965년부터 1980년까지 소비자 물가가 8배 상승하는 동안, 도시 근로자소득은 28배 상승, 주택 가격은 39배, 그리고 택지 가격은 무려 108배 상승했다. 토지구획정리사업이 시행되면 일단 공사하는 비용이 들어가게 되니 기본적으로 땅값은 무조건 오르게 된다. 여기서 집장사들이 끼어들 구석이 생긴다. 정부가 먼저 도시 기반 시설과 대규모 아파트단지를 대기업과 함께 건설한다. 그 외의 택지는 중소 규모 건설업체의 몫으로 돌아간다. 그들이 상가와 주택단지를 건설하는 식으로 말이다.

서울 외곽의 신도시에 가면 이러한 풍경을 쉽게 발견할 수 있다. 아파트단지를 중심으로 도로 건너편에는 상가주택단지가 형성되어 있다. 1층에는 주로 카페나 음식점이 있고, 그 위로 다세대주택이 올려져 있는 형태이다. 1970년대에도 도시개발의 순서는 이와 비슷하게 이루어졌다. 땅 소유자들은 토지구획정리사업이 끝나고 땅값이 오르면 이를 땅 분양업자에게 팔았다. 그 지역에 집장사들이 따라들어와 다세대주택을 지었다. 수도권 신도시 지역만 보더라도 3종 일반주거지역[7]에 속하는 고층 아파트단지가 완공되기 전에도 인근에서 4층 또는 7층의 다세대주택 분양을 알리는 현수막을 흔히 볼 수 있다. 1종, 2종 일반주거지역에 빠르게 들어서는 이러한 주택들이 소위 '집장사 집'이다.

강남은 대단위 아파트단지를 중심으로 국가 주도의 계획개발이 시행된 대표적인 지역이었다. 신시가지 조성을 위해 토지구획정리가 완료되면 토지구획별로 개발용지가 지정되었고, 아파트단지를 제외한 주거용지에는 대부분 단독주택이 들어선다. 국가에서 이러한 공사비용을 모두 충당할 수 없었기에 주택 개발은

7 제1종 일반주거지역: 4층 이하의 저층주택, 제2종 일반주거지역: 18층 이하의 주택(단독주택 7층 제한, 아파트 15층 제한), 제3종 일반주거지역: 층수 제한이 없는 고층 주택(한경 경제용어사전).

공공과 민간의 합동으로 이루어지거나, 민간의 몫으로 넘어간다. 이 과정에서 기업에 세금 면제 등과 같은 특혜가 주어졌다는 것은 주지의 사실이다.[8] 핵심적인 대단지 아파트 건설사업을 대규모 건설업자들이 가져갔다면, 소규모의 공동주택 건설은 소규모 건설업자들의 몫이었다.

큰이모네 가족은 이미 시가지가 형성되어 있던 서울 외곽의 강동 지역에 먼저 자리를 잡고 있었다. 강동 지역은 '광주대단지'[9]와 서울 도심을 잇는 부도심으로 급격히 성장했다.[10] 1963년 강동 지역이 서울시로 편입된 이후, 1974년 영세민을 위한 길동 시영아파트가 준공되었고, 1976년 천호대로가 준공되면서 서울의 중심부와 연결되었다. 한강에 지금처럼 다리가 많지 않았기에 강북으로 이동하는 시간을 획기적으로 줄여줄 수 있는 다리가 있다는 것은 주거지역을 선택하는 데 있어 큰 이점이었다.

8 "서민층이나 빈민만으로 구성된 단지를 건설하는 것은 기술적으로 어려울 뿐만 아니라 사회정치적으로도 위험하다는 인식 때문에 1970년대의 남서울 개발은 처음부터 중산층 또는 적어도 계급이 혼합된 아파트 단지 건설을 목표로 했다. 이를 위해 영동지구와 잠실지구가 각각 1973년과 1976년 개발촉진지구로 지정되어 부동산 투기 억제세, 취득세, 등록세, 재산세 등 부동산 관련 세금을 모두 면제했다(전강수, 2012, 18). 또한 1972년 도입된 주택건설촉진법은 공공자금이 들어간 고층건물과 공동주택 건설에 참여하는 한국주택협회에 등록된 민간기업 또한 공공업체로 간주하여 대규모 건설권 등 각종 혜택을 주었다(Gelezeau, 2006, 105-106). (중략) 사업의 규모가 주택공사 단독으로 감당할 수 없을 정도로 커지자 서울시는 재벌을 포함한 민간기업을 강남 개발의 파트너로 끌어들이고, 각종 인프라건설과 공공기관 및 학교 이전에 박차를 가했다."(지주형, 《강남 개발과 강남적 도시성의 형성》, 한국지역지리학회, 2016)

9 "'광주대단지'는 1968년 서울 도심의 무허가 주택을 철거하면서 철거민을 경기도 광주군 중부면으로 강제 이주시키며 조성되었다. 1971년 기준으로 해당 지역으로 유입된 인구는 124,356명에 달했다. 이주 과정은 폭력적이고 반인권적으로 이루어졌으며, 주거 환경이 갖추어지지 않은 허허벌판에 버려지다시피 한 철거민들은 이에 항거하여 "일자리를 달라", "영세민을 착취하지 말라"는 구호를 외치며 투쟁을 이어나간다. '광주대단지 사건'이라 불리는 이 사건은 최초의 도시 빈민 투쟁으로 평가되고 있다."(국가기록원 〈이달의 기록(8월)—'성남단지 사업현황 보고'〉, 2008).

10 경향신문, 〈20년 후의 서울 上〉, 1971년 5월 4일.

큰이모네 부부는 '요꼬(횡편물)' 기계로 수출용 스웨터를 납품하는 사업을 하고 있었다. 그런데 1973년 1차 석유 파동 이후, 관련 사업이 사양길로 들어서고 말았다. 고심 끝에 큰이모네는 당시 '슈퍼마켓' 역할을 하던 동네 구멍가게로 업종을 바꾸었다. 식재료부터 생필품까지 없는 것 없이 다 파는 가게는 마을 사랑방이자 정보 교환의 장소이기도 했다. 가게가 자리를 잡아갈 무렵, 큰이모와 큰이모부는 가게를 드나드는 동네 땅 분양업자들과 집장사들이 사업하는 모습을 유심히 살펴보기 시작했다. 이들의 입에서 나오는 돈 단위가 대단히 컸기 때문이다. 구멍가게를 하면 목돈을 벌 일은 없었기에 귀가 솔깃했다. 주변에 많은 자영업자들이 집장사로 업종을 변경하고 있었다. 어느 정도 여유자금이 생기고 나서 두 사람은 목돈 마련을 위한 투자를 감행하기로 한다. 가게를 정리하고 집장사를 시작한 것이다.

잠실이 개발되면서 그 주변 일대 역시 대대적인 정비가 시작되었다. 강동 지역도 포함되었다. '천호동 토지구획정리사업'과 '암사동 토지구획정리사업'이 순차적으로 시행되었다. 당시 강동 지역의 부동산 거래 열기는 신문 기사에 오르내릴 정도로 뜨거웠다. 특히 성내동 일대가 가장 뜨거운 감자였다.[11] 대로변 택지는 매물이 없을 정도였다. 1974년 17,000원~23,000원[12]이던 시세는 천호대교 기공일을 기점으로 1975년 기준 평당 4~6만 원까지

11 "천호대교 건설과 암사지구개발사업이 진행되고 있는 성동구 천호동 일대는 올해들어 부동산거래가 활기를 띠기 시작, 지가도 평당 5천원 내지 1만원씩 크게 뛰고 있으며 앞으로는 계속 지가가 상승될 것으로 보인다."(매일경제, 〈천호동 일대 지가 상승〉, 1975년 1월 28일)

12 동아일보, 〈봄철 생활백과 (1) 마이홈 작전〉, 1974년 3월 11일.

올랐다.[13] 1년 주택 지가는 이후 계속 오름세를 띠는데 변두리 신흥 지역의 땅값조차 1978년 무렵에는 평당 8~15만 원[14]까지 오르더니, 1981년에 들어서는 무려 50~55만 원[15]까지 폭등한다. 불과 5년여 만에 적게는 8배, 많게는 11배 가까이 오른 셈이었다. 경기 침체에도 불구하고 이 일대의 땅은 황금알을 낳는 거위가 되어가고 있었다.

잠실주공과 잠실시영 아파트가 준공되면서 잠실과 천호 일대는 그 어느 때보다 인구가 빠르게 급증했다. 성동구 잠실 1, 2, 3동은 1975년도 말까지만 해도 약 200여 가구가 사는 저밀도 주거지역이었으나, 아파트단지 입주가 본격적으로 시작된 후 잠실주공아파트로 약 1만2천여 가구 6만여 명, 잠실시영아파트로 약 3천여 가구 1만5천여 명이 유입되었다. 불과 두 달 만에 약 7만 5천여 명이 유입되어 한 지역에서 살기 시작한 것이다.[16] 도시 인프라가 제대로 갖추어지지 않은 채로 입주가 시작되었던 탓에 교통난은 심각한 문제였다. 서울 인구의 약 80%가 버스를 주요 교통수단으로 이용하던 시절이었다. 1978년 서울지하철 2호선이 착공되고 2년여 만에 신설동역부터 종합운동장역까지의 노선이 먼저 개통되어야 했던 사정이 여기 있었다. 잠실에 단기간 동안 너무 많은 사람이 살게 되었고, 교통은 마땅치 않았던지라 출퇴근길은 생지옥이었다. 이 일대에서 대부분의 버스노선은 천호동을 통

13 매일경제, 〈열기 띠는 천호동일대〉, 1975년 9월 18일.
14 매일경제, 〈땅사정 집사정(7) 신흥개발 지역의 현황 천호지구, 1978년 1월 16일.
15 경향신문, 〈'택지값 경기 침체 속 제자리 걸음'〉, 1981년 3월 12일.
16 경향신문, 〈'숨막히는 잠실 교통난'〉, 1976년 3월 16일.

과해 지나갔다. 천호동은 서울 동남부 지역의 교통 핵심거점일 수밖에 없었다.

한 번에 7만 5천여 명이 살 아파트단지가 지어졌음에도 서울은 아직 집이 부족했다. 서울로 인구 유입이 폭발적으로 이루어지고 있었다. 도시화, 산업화가 급격하게 진행되는 '이촌향도' 현상이었다. 강남구가 신설될 당시 강동 지역의 인구는 약 30만 명, 1979년 강동구가 강남구에서 분리되어 신설되었을 때 강동 지역의 인구는 약 51만 명으로 5년 동안 해당 지역의 인구가 1.5배 증가했다.[17] 부모님 역시 이 대열에 합류한 셈이었다. 서울로 이주하는 대다수의 '이촌향도' 인구는 가족이나 친척이 이미 자리 잡고 있는 동네에서 생활을 시작했다. 새로운 곳에서 정착하기가 쉽지 않은데 아는 사람이 있는 게 적응하기 훨씬 수월했다. 큰이모네 가족은 다른 친척을 따라 강동구로 왔고, 부모님은 큰이모네 가족을 따라 강동구로 이사한 참이었다. 잠실의 대규모 아파트단지는 신식이었지만, 교통 지옥이 매일 반복되었던 것에서 알 수 있듯 잠실의 도시 인프라가 아직 취약했기에 강동구가 살기 더 편하기도 했다. 그사이 서울 인구는 1970년 약 550만 명, 1975년 약 680만 명, 1980년 약 830만 명, 1985년 약 960만 명을 기록했다. 그리고 1988년 88 서울올림픽이 개최되던 해에는 인구가 1,000만 명을 넘어선다.[18]

17 국가통계포털(kosis.kr).
18 국가통계포털(kosis.kr).

승승장구 다세대주택 사업:
엄마는 공동 경영자

"처음 사업 시작했을 때는 문짝이 어디 붙나 몰랐지. 회사 다녔으니까. 암~ 그땐 집에 대해 몰랐으니까. (중략) 처형이 자기 시키는 대로 해가 지어라 이거야. 나는 처형한테 어떻게 짓는지 배우고. 일꾼들 처형이 다 대주고 해가. 한 세 채쯤 지으니 아, 혼자 할 수 있겠다 이래 생각했지. 그래도 처형이 계속 같이 가르쳐주고 했어. 고맙지 내한테. (중략) 설계사무소에서 설계해가 건축허가 받아가지고 오면 돈 주고. 땅 사가 설계해가 세 놓고 팔고, 그럼 한 채가 빨리 하면 3개월이고 늦으면 6개월로 늦는다고. 그걸 다시 팔아가 다른데 땅 봐가 사고, 그런 식으로 술술 돌아가는 거야. 돈을 얼마나 벌었는지도 몰라. 일일이 계산 못 했어. 주먹구구식으로 했거든 처음에. 얼마 들었으니까 팔면 얼마 남는다, 이래 주먹구구식으로. 엄청나게 벌었지. 많이 벌었어. 일일이 기억은 못하지만."

— 아빠 구술생애사 인터뷰 중

'사업의 시옷 자도 모르던' 두 사람은 큰이모를 따라다니며 일을 배우기 시작했다. '문짝이 어디에 붙어야 하는지'도 몰랐기 때문에 하나씩 몸으로 부딪혀나가야 했다. 먼저 큰이모의 지도에 따라 땅을 샀다. 부모님이 처음 지은 집은 암사동에 있는 붉은 벽돌의 2.5층짜리 단독주택이었다. 땅 분양업자부터 목수, 미장이까지 큰이모가 소개해주어 사업에 필요한 기본적인 정보를 빠르게 익혔다. 큰이모는 어려움이 있을 때마다 세세한 도움을 주며 손을 보태었다. 이 일대에 빈 땅은 아직 많았고, 집을 찾는 사람들은 끊임없이 서울로 몰려들고 있었다. 집을 다 짓기도 전에 매매가 완료되기도 했다. 집을 지으면 짓는 대로 팔렸다. 그렇게 첫 번째 암사동 집을 팔고 나자 초기 투자금의 30%라는 수익을 얻었다. 그 돈으로 조금 더 좋은 위치에 있는 땅을 사서 두번째 집을 지어 올렸다. 그리고 세번째 집을 짓고 나니 전체 공정이 익숙해졌다. 이제 두 사람은 큰이모의 도움 없이도 사업을 해볼 수 있겠다고 생각했다.

부모님과 친척들은 강동구와 송파구 인근에 함께 모여 살며 집장사 일을 가족 사업처럼 키워나갔다. 동업을 하지는 않더라도 비슷한 지역에서 동종업계에 종사하고 있으니 오면가면 정보를 교환하거나 도움을 주고받기가 쉬웠다. 토지구획정리사업을 따라서 암사지구에서 강동지구로, 잠실지구로, 고덕지구로, 가락지구로 매년 지역을 옮겨 다녔다. 그래봤자 차를 타고 다니면 다 거기서 거기인, 잘 아는 동네였다. 집을 새로 지을 때마다 두 사람은 이사를 다녔다. 기본적으로 집을 지으면 파는 것을 목적으로 했지만, 세를 주고 '월세 놀이'도 제법 할 수 있었다. 2층짜리 붉은 벽돌의 주택은 '미니 2층' 또는 '미니 3층'이라고 불렀다. 반지하를 포함하니 3층은 아니고 2.5층짜리 집이기 때문에 붙여진 이름이었다. 이 주택을 한 채 지으면 지하에 방 세 칸, 1층에 방 네 칸, 2층 독채까지 최대 여덟 가구가 살 수 있었다. 부모님 두 사람이 쓸 방 두 칸을 빼더라도 방 여섯 칸 월세를 받을 수 있었으니 매달 꼬박꼬박 현금 융통이 쉬웠다.

사실 엄밀히 따지자면 부모님이 지었던 '미니 3층' 집은 불법 개조된 주택이었다. 사람은 많은데 살 곳이 없다보니 집 한 채에 방을 쪼개어 주인이 세를 주고 여러 가구가 사는 것은 흔한 풍경이었다. 제도는 언제나 현실을 따라가기 바쁘듯, 당시에 이러한 주거 형태에 대한 법률적 근거는 아직 마련되어 있지 않았다. '단독주택'의 경우 집 한 채당 한 가구만 사는 것을 원칙으로 하고는 있었지만, 여러 가구가 한 집에 살고 있는 형태에 대한 법은 따로 없었던 것이다. 인구는 늘고 살 집은 모자라니 너도나도 남의 집에 셋방살이로 들어가 살기 바빴다. 수요에 맞춰 중구난방으로 개조된 집들이 생겨났다. 특히 지하실은 규제를 피해 수익을 올릴 수 있는 꿈수 같은 공간이었다. 집주인들은 지하실에 대한 법규가 마땅히 없다는 점을 악용하여 지하실을 넓게 만들고 방을 쪼개어 세를 놓았다. 지하실은 특히 평당 건축비가 지상층의 절반 미만으로 들지 않고, 세입자 입장에서도 전셋값이 저렴한 방을 선호했기에 상호 이득인 셈이었다.[19] 이렇듯 '집장사 집'이 지어질 수 있었던 배경에는 특별한 시대 상황이 있었다.

요즘은 '다세대주택' '다가구주택' '아파트' 같은 단어가 너무나 익숙하게 통용되고, 각 주택을 건설할 때는 그에 맞는 건축법이 적용되어 규격에 맞추어 건물을 짓고 여러 가지 규제가 시행되는 것이 당연한 상식처럼 여겨진다. 그러나 1970년대 후반, 1980년대 초만 해도 이처럼 주택에 대한 구체적이고 체계적인 분류가 없었다. 건축법이 정리되지 않았으니 건물을 지을 때 적용되는 법규도 없었다. 1976년에 들어서야 공동주택에 대한 구체적인 정의가 명시되는데, 공동주택은 '연립주택(2층 이하)'과 '아파트(3층 이상)'로 구분되었다.[20] 여기서 집장사들이 지은 집은 2층 이하의 연립주택에 해당되었다. 이 가운데 지하실에 대한 규정이 세세하지 않았고, 집장사들은 2층 이하의 연립주택을 지을 때 자연스레 지하실을 함께 지었다.

여러 세대가 한 공동주택에 모여 사는 건물, 즉 '다세대

19 매일경제, 〈연립주택 지하실 불법개조〉, 1983년 7월 11일.
20 윤혁경, 《2023 건축법 · 조례 해설》, 기문당, 2023.

주택'이라는 용어의 정의는 1984년에 들어서야 비로소 등장한다. '다세대주택'은 330제곱미터 이하 면적, 3층 이하 높이, 2세대 이상이 거주하는 주택을 뜻한다. 이전까지 주택은 한 가구가 거주하는 '단독주택'이 주류를 이루었다. 1980년대 이전에는 학생이나 직장인이 장기체류할 수 있게 남의 집에 세를 들어 사는 것은 '하숙'의 개념으로 봤다. 그러나 서울에 홀로 사는 1인 가구뿐만 아니라 '이촌향도' 물결을 따라 가족 단위로 이주를 하면서 한두 세대가 통째로 거주할 공간이 필요해졌고, '미니 2층' '미니 3층'으로 불리는 서민형 '연립주택'이 우후죽순 생기고 있었다. 규제가 없다보니 동시에 여러 문제들이 뒤따랐다. 관할 구청에서 건물이 완공되고 나면 검사를 시행하기는 했으나, 집주인들이 준공검사 이후에 지하실을 개조하는 것이 관행처럼 이루어졌다. 그러다보니 연탄가스 중독 사고가 일어나거나 화장실 시설이 없어 위생상으로도 문제가 되었고 상수도나 난방시설 등이 미비한 경우도 다반사였다.[21]

부모님이 집장사를 시작한 강동구 일대는 동별로 토지구획정리사업이 마무리되면서 지하실이 딸린 연립주택이 마구잡이로 지어지고 있었다. 특히 1985년에는 다세대주택 건립 기준이 공식적으로 마련되면서 서민층 주택 공급에 가속도가 붙게 됐다. 다세대주택에 대한 융자 혜택이 주어졌고 건축법을 완화해주는 등 주택 공급을 독려하는 종합 지원대책이 마련되었다. 다세대주택은 까다로운 절차를 거치지 않고 지을 수 있었고, 큰돈을 들이지

21 동아일보, 〈연립주택 지하실 불법 개조 많다〉, 1984년 1월 23일.

않고 투자해볼 수 있는 사업처가 됐다.[22] 특히 부엌과 화장실, 옥외계단 설치가 가능해진 것은 가히 혁신적이었다. 세입자들이 주인집 눈치를 살피지 않고 출입을 할 수 있게 됐고 각 세대별로 설치가 가능해진 부엌과 화장실도 이용할 수 있게 됐기 때문이다. 세입자들의 완벽한 가구 분리가 가능해진 것이다. 다세대주택에 대한 규제가 완화되기 전에는 원칙적으로 한 건물에 부엌과 화장실은 하나씩만 지을 수 있게 되어 있었다. 이 과정에서 건축주는 국민주택기금의 융자 혜택을 받을 수 있었고, 건설부는 다가구주택 표준설계도 6종을 각 시도에 보급하여 건축주가 표준설계도를 이용할 수 있게 해 건축비를 절감할 수 있도록 각종 정책을 내놓았다.[23]

이러한 맥락 속에서 당시 30대 초반이었던 부모님은 600~700만 원의 목돈을 가지고 본격적으로 자기 사업을 시작할 수 있었다. 각종 세제 혜택과 규제 완화가 주된 동력이 되었지만

22 매일경제, 〈다세대주택 가구당 750만원 융자〉, 1984년 11월 29일.

23 "다가구주택에 대해서는 건물 내부 구조에서도 각종 혜택이 주어진다. 지금까지는 단독주택의 경우 원칙적으로 화장실이나 부엌 등 편의시설을 두 개 이상 설치할 수 없었으나, 다가구주택에 대해서는 이같은 편의시설의 추가설치가 허용된다. 또한 지하층을 주거용으로 사용할 수 있도록 지하층 높이의 절반까지를 지상에 노출시킬 수 있도록 완화됐다. 지금까지는 지하층 높이의 3분의 1이하만을 지상에 노출할 수 있도록 규정, 지하실의 통풍과 채광이 안돼 주거용으로 활용하기에 어려움이 많았다. 지하층에 별도로 부엌, 화장실 등도 설치할 수 있게 됐다. 건설부는 또한 종전 단독주택 2층에 세들 경우 현관이 하나밖에 없어 출입에 불편을 겪는 점을 감안, 다가구주택에 옥외계단 설치를 허용키로 했다. 다가구주택의 옥외계단은 건폐율 산정 때 건축면적에 포함되지 않는다. 옥외계단 설치로 전세입주자들이 주인집의 눈치를 살피지 않고 출입할 수 있게 함으로써 독립된 생활공간을 제공해 주려는 것이다. (중략) 다가구주택에 대한 이같은 혜택은 신축주택은 물론, 기존주택에 대해서도 적용된다. 따라서 층별로 부엌, 화장실 등 편의시설을 갖추기 위해 개축할 수 있고, 이미 옥외계단을 설치했을 경우 옥외계단의 면적만큼 연건평에서 제외시켜 세금부담을 덜 수 있다. 다가구주택을 지어 분양 또는 임대할 경우 건축주는 국민주택기금의 융자혜택도 받을 수 있다."(조선일보, 〈5월부터 지을 수 있는 다세대주택 가구별로 국민주택 기금 융자〉, 1985년 4월 18일).

다가구주택 표준주택설계도 또한 사업에 큰 도움이 되었다. 설계사를 구해 설계를 하고, 관할 구청에서 건축허가를 받는 등의 절차를 생략할 수 있었기 때문이다.

그렇게 집 한 채를 지으면 원금 회수는 물론이거니와 수익률이 적어도 130% 많으면 200%까지 났다. 1억 원 예산으로 집을 지어 분양하면 최소 1억 3천만 원은 회수하니 3천만 원의 수익이 난다는 거였고, 2억 원을 회수하면 1억 원의 수익이 나는 셈이었다. 두 사람은 대부분 주먹구구식으로 일했다. 얼마가 들었으니까 팔면 얼마 정도가 남는다, 정도의 셈만 했다. 땅을 사고 설계를 해서 건물을 짓고, 세를 놓거나 매매를 하기까지는 1년 정도의 시간이 걸렸다. 공사 일정만 보면 빠르면 3개월, 늦으면 6개월이 걸렸다. 한 번에 한 채씩 지을 때도 있었지만 여러 채를 동시에 지을 때도 있었다. 일반 다세대주택보다는 빌딩이 수익률이 더 높았다. 층수도 높고 상가가 입주하기 때문이었다. 그렇게 엄마는 돈이 뻥튀기처럼 불어나는 경험을 했다. 1993년 금융실명제가 도입되면서 엄마는 처음으로 사업의 전체적인 규모를 가늠해보게 된다. 일종의 재무제표처럼 말이다. 1992년 사업에 사용된 매입비는 대략 276,312,730원, 1993년 5월 확정 종합소득세만 총 8,909,360원이었다.

"그때는 뭐 주택 규제 그런 거도 별로 없었어. 막 지어야 되니까.

인구는 막 늘지, 집은 없지 하니까. 막 땅을 사서 짓는 사람이 돈을 벌었지. 규제는 해도 조금 있지만 세금 내고 (해결하면 되고). (이주 오는 사람들이 집에서) 살아야 되니까 큰 규제는 없었어. (중략) 기분이야 돈 버니까 좋지. 회사 다니는 것보다야 훨씬 낫지. (중략) 우리는 큰 거 안 하고 작은 거. 한 뭐 100평, 200평 사서 집 짓고 다시 팔고, 팔고 그랬는 거야. 내 사업이니까. (중략) 엄마도 그때 같이 따라다니고 그랬어. 설계도 하고 뭐. 설계 잘했어. 지가 차트지 사가, 요래 해가. 그럼 설계 사무실 갖다줘가 하고 그랬다."

— 아빠 구술생애사 인터뷰 중

"주택을 지어서 부동산에 내놓으면 그 당시에는 매매가 잘됐거든? 그러니까 요즘같이 고민하고 할 필요가 없는 거야. 지하에 방 세 개 놓고, 1층에 방 네 칸 해서. 우리 둘이 살기는 크잖아. 대지가 54평인가 그래. 그래서 우리가 방 두 개 쓰고, 방 두 칸은 시아버지 모시고 사는 40대 아주머니한테 세 주고. 같은 거실 쓰면서 자기들은 뒤쪽으로 문을 내줬지. 할아버지 방 가려면 우리 거실을 거쳐서 할아버지 방을 가니까. 그런 거는 괜찮았거든. 2층은 실내 계단인데 지방에서 온 학생 세 명한테 독채를 주고. (중략) 미니 3층. 미니 3층이라고 하지 옛날엔. 다 지하가 아니고 반은 올라오고 반은 묻혀 있으니까 미니 3층이라고 하지. (중략) 그 집터가 좋은가 봐. 집값도 오르고. 집터가 좋았지. 그런 거도 있어."

— 엄마 구술생애사 인터뷰 중

'다세대주택'의 출현을 이해하기 위해 시대 배경을 조금 더 들여다볼 필요가 있다. 서울시 인구가 급증한 것은 명백한 사실이지만 정부는 왜 적극적으로 다세대주택과 같은 새로운 주거 형태를 만들어야 했을까? 1980년대 쿠데타로 정권을 잡은 전두환과 5공화국은 '주택 500만 호 건설'을 주택 정책의 캐치프레이즈로 삼고 있었다. 사람들이 살 집이 모자라니, 많은 집을 단기간에 짓겠다는 거였다. 그런데 기존 도시개발사업 시행의 기준이 되는 '주택건설촉진법'은 도시 계획 구역 내의 주거지역만을 대상으로 했기 때문에 토지를 대규모로 공급하기가 어려웠다. 많은 집을 짓기 위해서는 대단위로 토지를 저렴하게 확보할 필요가 있었다. 따라서 500만 호 주택 건설 계획이 추진되면서 신속하게 개발을 할 수 있도록 하는 '택지개발촉진법'이 시행되었다. 개포지구, 고덕지구, 목동 신시가지, 상계지구, 중계지구, 수서지구를 비롯한 수도권 5개 신도시 모두 택지개발촉진법에 의거하여 택지 개발이 시행된 후 개별 주거단지가 건설된 지역이다. 대규모 건설사들이 지구 단위의 도시개발계획을 따라 아파트단지를 건설하는 동안, 중소규모 건설사들은 새롭게 도입된 다세대주택 규격의 주택을 건설하여 주택 500만 호 건설에 이바지했다.[24]

24 매일경제, 〈다세대주택 건설 급증〉, 1986년 4월 7일.

다가구주택 표준주택설계도를 이용하면 건축을 할 때 본래의 설계도면을 다소 변경할 수도 있었다. 특히 외부 페인트, 조명기구, 실내마감재료, 방수재료, 지붕마감재료 등의 경미한 사항은 건축주가 임의로 변경해 건축할 수 있었기에 다양한 형태로 건물을 꾸밀 수 있었다.[25] 건축 현장을 오가며 진행 공정을 확인하고 다른 업자들을 만나 정보를 나누는 것이 아빠의 주된 업무였다면, 엄마의 재능이 빛을 발한 분야는 디자인이었다.

아빠가 표준주택설계도를 정하고 엄마에게 가져다주면 엄마는 도면을 가지고 엄마의 방법대로 다시 설계를 했다. 엄마가 할 수 있는 범위는 전체적인 건물구조는 그대로 유지하면서 내부 설계의 세부적인 사항을 바꾸는 것이었다. 엄마는 설계도를 들고 몇몇 동네를 돌아다니면서 인테리어를 구상했다. 주거지뿐만 아니라 시내도 돌아다녔다. 마음에 드는 장식이 있으면 그대로 모방하는 것이 아니라 다른 요소들과 독창적으로 짜깁기를 했다. 집에서 몇 날 며칠 밤을 새서 모눈종이에 아이디어를 그렸다. 기술자들이 시공을 할 때는 현장으로 나가 엄마가 생각한 대로 구현이 되는지 꼼꼼하게 살펴보고, 직접 그린 그림을 보여주며 코치를 하기도 했다. 입구에 올라오는 계단부터 실내 장식, 조명 하나하나 엄마의 손길이 닿지 않는 곳이 없었다. 일반적으로 실내 장식으로 쓰는 요소를 외관 장식으로 쓴다든지, 거꾸로 외관 장식으로 쓰는 요소를 실내 장식으로 섞어 쓰다보니 엄마가 만든 집은 다른 집장

25 조선일보, 〈내집짓기 편리한 「표준설계」〉, 1985년 3월 7일.

1987년 직접 지은 집에서 식물을 가꾸고 있는 엄마.
당시 유행하던 큰 어항이 사진 오른쪽에 있다.

사 집과는 달리 이색적인 느낌이 들었다.

"엄마가 색다르게 했거든. 엄마가 구상하고 설계하고. 바깥에 돌이 시루떡같이 있잖아, 예쁘게 착착착 쌓는 거 있어. 그것도 실내에 들여다놓고. 1층도 평면이 아니고 약간 티브이에 나오는 것처럼 한층 뭐 40~50cm 올려서 꺾어지도록 높이를 조정해서 그림같이 그렇게 하고. 엄마는 집 짓기 전에 설계 받아 오잖아. 그럼 이걸 들고 막 몇 동네를 돌아다니는 거야. (중략) 예쁜 상가를 보면 어느 한 부분이 우리 실내에 집어넣으면 되겠다, 하고 다 적어오는 거야. 이제 그림도 그리고 해서 그래서 그걸 내 나름대로 구상을 해서 요기에 거실 이 면은 이런 방법으로 인테리어를 해야겠고 입구에 올라오는 계단을 이렇게 해야겠다. 이런 구상을 몇 날 며칠을 그림 그리고 하는 거지. 그래프 그리는 거 있잖아 눈금 있는 거. 모눈종이 그런 거로. (중략) 여기는 빨간 벽돌 써주시고요 여기는 아치모양으로 해주시고요. 여기는 또 유리를 넣어주시고요. 여기는 중간에 나무를 또 어떤 방법으로 통나무식으로 어떤 모양이 나타나게끔. 그림을 그려서. 이렇게 아치를 그려주지. 요 부분은 벽돌로 쌓고 요 부분은 통나무처럼 해주시고."

— 엄마 구술생애사 인터뷰 중

엄마는 아빠 사업에 적극적으로 개입했을 뿐만 아니라 공동 경영을 했다고 봐도 무방할 정도로 중요한 역할을 하고 있었다. 엄마는 나에게 IMF 외환위기 이후에 처음으로 일을 시작했다고 말하지만, 사실 오래전부터 가족의 경제 상황에 깊이 관여하고 있었던 것이다. 엄마가 장롱 속에 깊숙이 보관해온 오래된 수첩에서 이러한 흔적을 살펴볼 수 있었다. 1990년대 초에 썼던 감색의 낡은 수첩에는 작은 글씨로 사업 장부가 빼곡하게 적혀 있었고, 어떤 업체와 어떤 순서로 일을 했는지 기록이 남겨져 있었다.

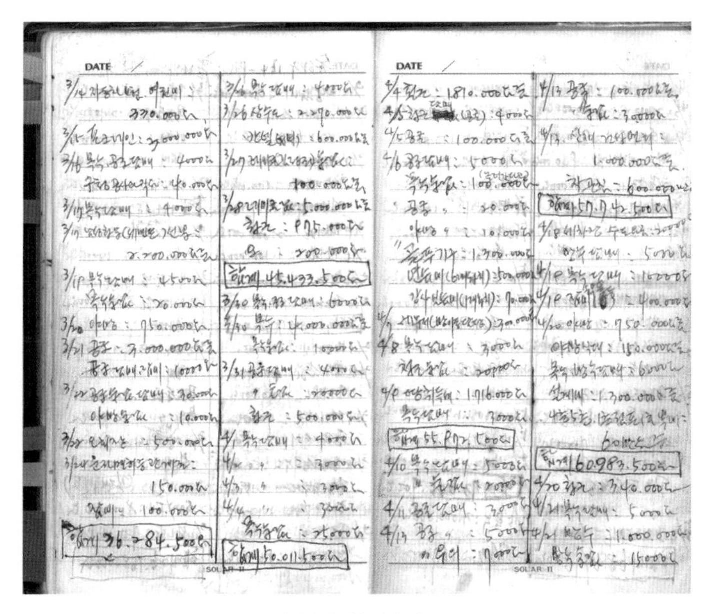

엄마가 관리한 사업 장부.
사업과 관련 없지만 기록하고 싶은 내용은 빨간색으로 별도 표기해두었는데
'골푸기구'와 '골푸 연습비' '강사 실습비' 지출 내역이 적혀 있다.

또한 레미콘, 철근, 포크레인, 목재, 합판, 벽돌, 전기, 철물, 콘크리트, 목수, 미장, 방수, 타일, 보일러, 섀시, 칠, 유리, 보도블록, 도시가스, 비디오폰, 정원, 취득세, 등기 비용까지 주택 건설에 필요한 모든 공정에서 지출한 계약금, 중도금, 잔금에 대한 세세한 메모가 적혀 있다. 심지어는 기사들의 담뱃값과 술값까지 말이다. 수첩의 앞뒤로는 관련된 영수증이 고이 보관되어 있었다.

엄마의 노트를 꼼꼼하게 살펴보며, 엄마가 인테리어를 구

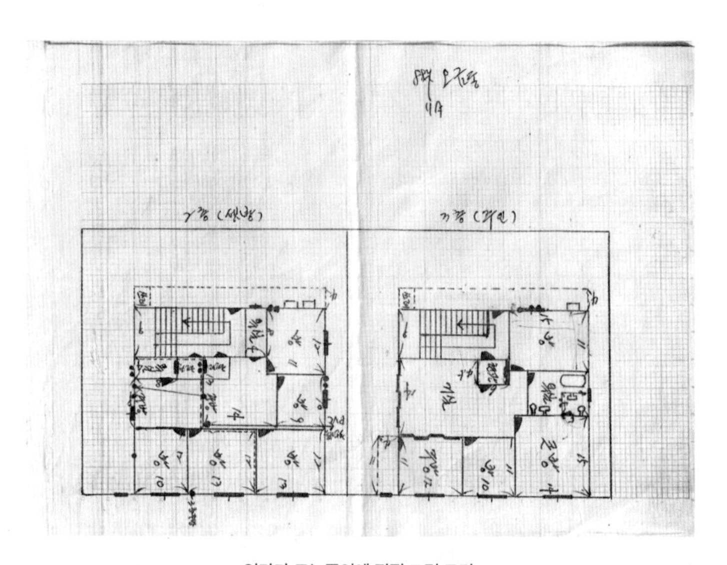

엄마가 모눈종이에 직접 그린 도면.
1988년 11월에 지은 '미니 3층' 중 2층 셋방과 3층 주인집 평면도이다.
미터(m)가 아니라 '자'를 단위로 썼다.

상하는 것에서 그치지 않고 직접 사업가로서 아빠와 함께 자신의 사업체를 운영해왔다는 점이 매우 놀라웠다. 이는 엄마가 단지 아빠가 운영하는 집장사 사업의 수혜자가 아니라 직접 운영하는 주체였기에 부동산에 대한 남다른 애정과 신뢰의 경험이 더 깊을 수밖에 없다는 것을 의미했다. 내가 태어난 후 기억하는 엄마의 모습은 대부분 '가정주부'였지만 사실 엄마가 '가정주부'로 생활했던 시간은 엄마의 삶 속에서 4~5년 짧은 기간에 불과했다.

"우리는 계속 막 승승장구하는 거야. 다른 사람들이 지어놓으면 잘 안 팔려. 우리만 잘 팔렸어. 아빠가 연립을 또 많이 지었거든? 연립을 지었는데 이상하게 지어놓으면 그렇게 잘 팔려. 그것도 운이지 뭐. 이상하게 뭐랄까 대운이 들어왔나봐. 승승장구하면서 짓고 팔고, 짓고 팔고, 계속 그런 식으로. 마치 분수가 물 뿜어내듯 있잖아? 막 수직 상승하는 거야 말하자면. 돈, 뭐 지으면 돈이야. (중략) 세무조사가 들어오는 거야. 탈세했다고. 아빠가 한 번에는 못 내고 두 번에 나눠드리겠다고. 아빠가 현찰로 줬어 그걸. 세금 제일 많이 내는 사람 리스트 1위에 올랐대 아빠가. 그래서 엄마는 아빠 보고 어머, 능력 있데이. 능력 있는 사람이네. 그러니까 내가 뿌듯한 거야. 그게 89년도 초인가봐. 세금 받아간 그 담당자가 승진했대. 우리 세금 받아서."

— 엄마 구술생애사 인터뷰 중

올림픽 깃발과 함께 올라간 우리의 빌딩들

나는 강동구와 송파구에 살기를 고집하는 부모님이 이해되지 않았다. 이 동네의 월세와 전세가 비싸면 다른 동네로 이사를 가면 될 것이 아닌가? 겉으로 보기에 두 사람은 언젠가 다시 재기하여 아파트로 돌아갈 수 있을 거라 굳게 믿고 있는 듯했다. 또 나의 중고등학교 시절에는 내가 진학할 학교와 학업 분위기를 고려해 다른 동네로 이사하는 것을 주저했다. 그러나 내가 스무 살이 넘어 부모님과 따로 살기 시작한 뒤로도 두 사람은 다른 동네로 이사하는 것을 인생 선택지에 두지 않았다. 나로서는 도무지 이해가 되지 않는 노릇이었다.

언젠가 장학금 신청을 위해서였는지 아니면 다른 어떤 목적이었는지 정확히 기억은 나지 않지만 부모님의 주민등록초본을 떼어 제출할 일이 있었다. 그때 처음으로 초본의 내역을 자세히 들여다보게 되었다. 그리고 그제야 강동구와 송파구라는 지역이 두 사람에게 어떤 의미로 다가오는 장소인지 조금이나마 그 마음을 헤아려볼 수 있었다. 주민등록초본에는 한 사람이 살면서 몇 번 전입을 했는지, 그러니까 집을 얼마나 옮겨 다녔는지에 대한 흔적이 기록되어 있다. 두 사람의 초본을 살펴보니 서울에서 스무 번 가까이 이사를 다녔지만 송파구와 강동구를 벗어난 적이 없었다. 아마 단기간 거주하여 전입신고를 하지 않은 주거지까지 합친다면 두 사람은 훨씬 더 많이 이사를 다녔을 것이다. 1978년 서울특별시 강남구 성내동을 시작으로 강동구 천호동, 송파구 방이동, 오금동을 거쳐 마지막으로 강동구 강일동까지, 두 사람에게는 서울의 동쪽에 있는 이 동네가 제2의 고향과도 같았다. 서울에서 살아오며 아는 사람, 아는 가게, 아는 버스, 아는 길 모두 이 동네를 중심으로 구축된 셈이다. 두 사람을 둘러싼 하나의 세계관이, 그리고 서울이라는 공간에 대한 심리적 풍경이 40여 년이라는 시간 동안 자리하고 있는데, 이를 무시하고 다른 지역으로 이사를 간다는 건 단순히 지역을 옮기는 것 이상의 의미였던 것이다.

1980년대 강동과 송파 지구 개발에 영향을 미친 가장 큰 요인 중 하나는 단연코 88 서울올림픽이었다. 1981년 9월 30일 서독의 바덴바덴에서 열린 국제올림픽위원회 IOC 제84차 총회에서 최종적으로 서울이 올림픽 개최지로 선정되며 도시개발계획도 박차가 가해졌다. 잠실종합운동장을 필두로 서울의 센트럴파크라 불리는 올림픽공원은 올림픽 경기가 열릴 주요 시설로 올림픽 행사를 위해 새로 지어졌다. 경기장 시설이 밀집된 이 일대에 세계 각국에서 몰려들 선수와 기자들을 수용할 아파트단지가 건설되면서 그 주변부도 함께 개발이 되기 시작했다.

특히 1986년 서울아시안게임을 동일한 장소에서 먼저 치르게 되었기 때문에, 국제적인 두 행사를 위해 정부는 외국 귀빈의 눈에 보일 서울의 후줄근한 이면을 빠르게 삭제해야 했다. 당시 도시빈민운동의 중심이 되었던 상계동에서 철거민들이 부당한 처우를 당하며 주거 권리를 위해 투쟁하던 시기, 올림픽공원 공사가 진행되고 있던 송파구와 강동구 일대에도 수많은 철거민이 발생했다. 하루가 멀다 하고 싸움이 이어졌으나 결국 이 일대의 집들은 모두 헐리고 원래부터 허허벌판이었던 것처럼 땅속으로 사라져버렸다.

도시개발정책에 따라 건축사업 흐름에도 부침이 있었지만 마침 처음 자리 잡은 동네가 강동구였고, 또 운 좋게 올림픽 특수를 맞이하여 부모님의 사업은 상승가도를 달렸다. 가락지구 일대의 구획정리사업이 대표적인 개발사업이었다. 1980년대 초부터 후반까지 집을 지을 땅은 차고 넘쳤다.[26] 1988년 서울올림픽을 기점으로 강동구와 송파구가 분리되기 전 이 일대는 신도시 강동

26 "경기장시설이 밀집된 강동구 잠실1동 서울종합운동장과 강동구 성내동, 이동, 방이동, 오금동, 둔촌동, 국립종합경기장 부지 일대는 올림픽 개최에 따른 지역 개발붐이 크게 일 것으로 보인다. (중략) 국립경기장부지를 뺀 강동구 가락지구 1백 75만 평의 구획정리지구는 전원도시의 면모와 문화, 위락, 상업기능을 배합, 영동지구를 능가하는 부동산 요지가 될 가능성이 크다."(경향신문, 〈강동지구 개발붐 크게 일 듯〉, 1981년 10월 2일)

구로서 단기간에 성장했다. 1980년 50만 명대이던 강동구의 인구는 1985년에 이르자 88만 명에 다다르게 된다. 1984년 다세대주택 개념이 도입되고 1985년 본격적인 다세대주택 건설 붐이 일면서 집장사들은 한 구역의 개발이 끝나면 길 건너 다음 구역으로, 또 개발이 끝나면 길 건너건너 다음 구역으로 철새처럼 옮겨 다녔다.[27]

그렇게 시간이 흘러 부모님에게 이 동네의 풍경은 자신이 지은 건물로 채워진 곳이자 서울에서 삶의 터전을 만들어준 특별한 곳이 되었다. 도로가 들어서고, 건물이 지어지고, 대규모 아파트단지가 들어서 사람들이 입주하기 시작하고, 구멍가게가 백화점이 되고, 88 서울올림픽이 열렸던, 그야말로 한강의 기적이라 불릴 만한 압축적 역사가 펼쳐진 그런 장소였다. 도시개발사에 대해 관심을 갖기 전에는 귓등으로 흘려들었던 부모님의 일상적 이야기들이 떠올랐다. 무뚝뚝한 아빠는 "건축사업을 했다"라고 일축했지만, 수다쟁이인 엄마는 지나가는 말로 "홍수가 났을 때 우리 건물도 물에 잠겨서 난리가 났었다"라든가, "지나가다가 혹시나 싶어 우리 건물을 찾아봤는데 이제 재건축이 돼서 없어졌더라"라든가, "우리 건물 1층에 있던 순댓국밥집 참 맛있었는데" 같은 소리를 자주 했다.

"돈이 막 뻥튀기가 되는 거야. 예를 들어서 1억에 지었으면 2억

27 매일경제, 〈가락 신시가지 개발 활기〉, 1986년 7월 17일.

은 기본으로 받는 거야. 상가는 2배는 받았을 거야. 그 당시에는 그게 당연한 거라고 생각했지. 그냥 우리 집이 성공한 거고 아빠가 사업이 잘되니까 돈을 매번 많이 벌어오는 게 특별한 게 아니고 아빠가 잘하고 있구나, 그렇게 생각했지. 그 당시에는 주택 붐이 많이 일었잖아. 너도 나도 그런…빌딩 지어서 매매하고. 주택보다도 빌딩이 아무래도 시세가 더 나가잖아 응? (중략) 강동구청 앞에 땅이 있었는데 그때는 집이 별로 없었거든. 그래서 땅값밖에 안 댔지. 건축하면 세 받을 거니까 그렇게 생각하고 지었어. 어쨌든 밀어붙였어. 그래서 거기에서 마천동에 빌딩을 하나 짓고 거기서 또 둔촌아파트 건너편에 사거리 있어. 거기 코너에 또 땅을 샀어. 거기도 빌딩을 지었어. 4층짜린가? (중략) 가락시장 가기 전에 또 어디에 상가를 지었어. 거길 또 몇 배 남겼지. 다 여기 일대야."

— 엄마 구술생애사 인터뷰 중

붉은 벽돌의 다세대주택을 짓던 시기에는 사업가로서 새로운 도전정신에 불타올랐다면, 빌딩을 짓기 시작하면서부터 부모님은 자신들을 중산층으로 여기기 시작했다. 건물을 지을 땅은 많았고, 집은 계속 모자랐다. 경기 흐름에 따라 사업 규모를 키웠다가 줄였다가 하기는 했지만 특별히 큰 위기 상황은 벌어지지 않았다. 88 서울올림픽이 코앞이었고, 대한민국은 국제적으로 인정

받는 국가가 되어가고 있었고, 경제도 성공궤도에 올라 있었다. 사업소득도 매년 늘었다. 모두가 중산층은 아니었지만 중산층이라는 단어가 뉴스와 드라마에 자주 언급되었다. 자개농이 있다거나, 병에 담긴 오렌지주스를 먹을 수 있었다거나, 자동차를 타고 한 달에 한 번 외식을 갈 수 있다거나 하는 중산층 문화가 생겨나고 있었다.

서울 86 아시안게임 시기를 기점으로 굵직굵직한 도시개발이 마무리되면서 대규모의 아파트단지 입주가 시작됐다. 이미 잠실주공아파트만 해도 그 규모가 대단했는데 잠실운동장 앞에는 아시아선수촌아파트가, 올림픽공원 앞에는 올림픽선수기자촌아파트가, 가락시장 앞에는 가락훼미리아파트가 완공되어가고 있었다. 너도나도 아파트 견본주택을 보러 다녔다. 청약에 당첨된 운 좋은 사람들은 피를 받고 입주권을 팔아 수익을 챙겼고, 청약에 떨어진 사람들은 피를 더 주고서라도 아파트에 입주하고 싶어했다. 1988년 강동구 인구가 100만 명을 넘어가면서 새로 지어진 아파트와 올림픽경기장을 중심으로 송파구와 강동구가 분할되었다. 2023년 현재 송파구 인구는 대한민국 전국 자치구 가운데 인구가 가장 많은데, 그 수가 60만 명을 훌쩍 넘었다. 그렇게 88 서울올림픽을 기점으로 오늘날의 강남 3구라 불리는 강남구, 서초구, 송파구가 모두 탄생했다.

80년대에 다세대주택에 살던 중산층들은 80년대 후반에 들어서면서 신축 아파트단지에 입주하기 시작한다. 약 10여 년 동안 사업이 안정적으로 자리 잡으면서 엄마는 이제 더 이상 이사를 다니고 싶지 않다고 생각했다. 처음에는 일단 집을 짓고 나면 그 집으로 이사를 들어가고, 각 세대가 다 팔리면 다음 집을 지을 때까지 기다렸다가 다시 이사를 가는 철새 같은 생활이 재미있기도 했다. 그러나 횟수가 열 번을 넘고 스무 번에 가까워지니 짐 싸는 것이 지긋지긋했다. 안정적인 환경에서 생활을 이어나가고 싶어졌다. 아파트에서 한번 살아보고 싶었다. 가장 가까운 곳에 둔촌주공아파트 단지가 있었다. 단독주택은 주인집이 세입자 집을 다 관리해야 했고 마당이 있다면 더욱더 신경을 써야만 했는데 아파트는 공동주택이라 그럴 필요가 없었다. 둔촌주공아파트에 살고 있는 친척집에 구경을 다녀와보니 평소에는 눈에 잘 안 보이던 주택 살이의 단점만 보였다. 겨울이면 동파되는 수도며 자주 고장 나는 난방이며, 주택에 사는 게 그렇게 불편하게 느껴질 수가 없었다. 반면 아파트는 딱 내 집 안만 관리를 하면 되었다. 둔촌주공아파트에서 아파트 생활을 시작하면서 엄마는 바로 옆에 신축으로 지어지고 있는 올림픽선수기자촌아파트에 입주할 계획을 세웠다. 이왕이면 새 아파트에 첫 입주를 하고 싶었다. 엄마는 청약에 떨어졌지만 포기하지 않았다. 그리고 몇 날 며칠 부동산을 물색한 끝에 1,500만 원 피를 더 얹어주고 5,700만 원에 34평 아파트 입주권을 손에 넣었다.

하지만 둔촌주공아파트에 입주하고 아파트 생활을 시작한 지 얼마 지나지 않아 부모님의 삶이 산산조각나는 사건이 벌어지고 만다. 대형 교통사고가 난 것이다. 강동구 일대에 모여 살던 외가 친척들은 88 서울올림픽을 앞두고 경기를 보러 갈 티켓을 구해놓은 참이었다. 1988년 한창 무더웠던 여름, 엄마네 네 남매 중 임신 중이던 막내 이모를 제외한 세 사람은 영천의 친척 장례식에 갔다가 외할머니 산소에 들르기로 했다. 그날 운전대를 잡은 막내 외삼촌은 마포경찰서에서 근무하는 경찰이었다. 사촌네 부부도 함께 동행했다. 오랜만에 형제들끼리 시간을 보내니 웃음소리가 끊이지 않았다. 그리고 서로 떡볶이를 나누어 먹으며 한적한 도로를 한참 달렸다. 그런데 그때 맞은편 도로에서 음주운전을 한 트럭이 중앙차선을 넘어 엄마와 친척들이 탄 차를 덮쳤다. 그 차에 있던 사람 가운데 목숨을 건진 사람은 엄마뿐이었다.

88서울올림픽이 한창 치러질 동안 엄마는 온 몸에 분쇄골절을 입고 심한 출혈로 인해 중환자실에 있어야 했다. 한동안 다른 가족들은 큰이모와 외삼촌이 돌아가셨다는 사실을 엄마에게 말하지 않았다. 엄마는 병원에서 퇴원하고 나서야 같이 차를 타고 있던 사람들이 모두 죽었다는 이야기를 들었다. 둔촌주공아파트에서 있었던 일들은 모조리 나쁜 기억뿐이었기에 엄마는 빨리 새 아파트로 이사 가는 날만 고대하며 기다렸다. 사업은 따로 하고 있었지만 서울에서 사회생활을 하며 많은 부분을 큰이모에게 의

지하던 아빠 역시 친누나 같던 사람을 잃었다. 이제 두 사람은 커다란 상실을 뒤로하고 삶을 재정비해나가야 했다. 1989년 1월 드디어 올림픽선수기자촌아파트의 입주일이 다가왔다. 두 사람은 이 신축 아파트단지에서 새로 태어날 아이와 함께 새로운 일상을 꿈꿔 나가기로 했다.

"가락동에서 집 짓고 있었지. 상가주택 아주 큰 거 지었지. 짓다가 카더라고, 대구 무슨 이야기 못 들었냐 카더라고. 못들었다 하니 같이 가자 카더라고. 그래가, 가니 하마, 교통사고로. (중략) 엄마 많이 다쳤어. 대학병원에 거의 죽었지 뭐. 다섯 명이서 차 타고 가다가 영천 거기 반야월에서. 서울 올라가자고 하니 안 올라간다고 해. 고집이 세가. 엄마랑 처형이랑 처남이랑 장모님 산소 갔다 오다가. 처남이 운전하고. 트럭이 와서 박았다 카던가. 다섯 명 중에 엄마 혼자 살았잖아. 네 명이 죽고. 그러니 형편없지 뭐. 혼자 살아 있는 거야. 다섯이 타고 가다가. 다 죽었는데 오죽하겠어."

— 아빠 구술생애사 인터뷰 중

"출혈이 많이 되어가지고 많이 좀 위험했었대. 그랬는데 어떻게 또 살아났대. 나는 몰랐지. 이모랑 외삼촌 돌아가신 걸 3개월 후에 알았지. 다들 비밀로 해가지고. (중략) 내가 제일 가슴이 아프고 나쁜 추억이 그거였지. 지금 살아 있으면… 우리 형제들은 우애가 참 좋아. 참 우애 있게 지냈는데. 제일 마음이 아프지. (중략) 그게 제일 우울하고 나쁘지. 언니가 완전히 부모 같았어. 아빠도 의지를 많이 하고 이모가 또 동생같이 생각했고. 엄청 동생들 생각하고 사랑하는 마음이 컸고. 우리는 모이면 그렇게 형제들이 호호하하 맨날 그렇게 지냈는데. 진짜 너무 마음이 아프지."

— 엄마 구술생애사 인터뷰 중

강동구 성내동에서 1983년에 부모님이 지은 상가주택. 두 사람은 3층 주인층에 거주했다.
우측 상단에 있는 두 사람의 사진은 이 건물 계단에서 찍었다.

강동구 성내동에서 1983년에 직접 지은
상가주택 입구에서 다정하게 손을 잡고 있는
부모님이 활짝 웃고 있다.

1989년 올림픽선수기자촌 아파트에 입주한 후 찍은 기념사진.
열 손가락에 금반지를 끼고 있는 아기가 바로 나다.

90년, 올림픽선수기자촌아파트 상가 광장에서
유모차를 타고 있는 내 모습을 엄마가 촬영했다.

5장

결국 터져버린 버블

서울특별시 송파구 오륜동 올림픽아파트 115동(46평)

치명적이었던 마지막 베팅

인생은 오르락내리락하는 롤러코스터라지만 롤러코스터는 어디서부터 추락하는지 눈으로 확인할 수 있다는 점에서 인생보다 훨씬 친절하다. 끝없이 올라가기만 하는 롤러코스터는 존재하지 않을뿐더러 애초에 롤러코스터를 타는 목적이 추락할 때의 아드레날린을 만끽하기 위함임을 고려한다면 인생이 롤러코스터라는 비유는 상당히 부적절하게 느껴진다. 추락하기를 기대하며 시작하는 인생은 없을 테니 말이다. 엄마와 아빠는 남부러울 것 없는 시절을 영원히 누리게 될 거라 생각했다. 1988년에 있었던 교통사고는 두 사람에게 너무 큰 불행이었고, 그래서 어쩌면 새로운 가족을 꾸려나가며 이 세상에서 해보고 싶은 것은 다 누려보자는 마음이었을지도 모른다. 그렇게 짧다면 짧은 몇 년의 시간이 흘렀다. 하지만 불행은 자꾸 갱신되는 법이다.

누군가를 불행하게 만들기 위해서는 가장 최고의 순간에서 절벽으로 밀어버리라 했던가. 부모님은 지금까지 해왔던 경험을 지혜 삼아 가장 큰 베팅을 걸었던 사업에서 '폭망'하고 말았다. 아빠는 현대 정주영 사장도 처음에 돈이 있어서 사업을 시작한 것이 아니듯 사업을 할 때는 무일푼으로 시작해도 꿈을 크게 가져야 된다고 생각했다. 엄마 역시 '하면 된다'는 포부를 가지고 결정타를 날릴 용기가 있어야 뭘 해도 해낼 수 있다는 믿음이 있었다. 부자들은 본래 그런 배짱을 타고나야 하는 법이라며 말이다. 연립주택, 다세대주택에서 상가주택, 빌딩으로 건물 크기를 점점 늘려 나가던 아빠는 고급 빌라단지를 지을 계획을 세웠다. 건물 한 채를 지으면 투자 수익률이 아무리 못해도 130%는 나왔으니 투자 규모가 커지면 수입 규모도 커질 것이 자명했다. 사업을 해왔던 지난 20년 동안 그 법칙은 깨진 적이 없었다.

1980년대 후반만 해도 송파구는 완전히 신도시였다. 그래서 1990년대 초까지도 건물을 지을 만한 땅이 남아 있었다. 하지만 1990년대 중반이 되자 강동구와 송파구 지역에서만 건축사업을 해서는 건물을 짓기가 어려웠다. 아빠가 대학의 최고경영자 과정을 등록한 이유이기도 했다. 새로운 정보를 물색해야 했기 때문이다. 같은 지역에서 사업을 하는 것이 안전하기는 했지만 입지가 많지 않았다. 사업을 키우려면 다른 지역으로 나서야 했다. 그 지역이 일산, 분당과 같은 신도시였으면 좋으련만 아빠는 수도권이 아니라 서울 시내로 눈을 돌렸다. 서울 종로구 부암동 일대에 개발 규제가 풀린다는 소식이 들려왔다. 이전에 잠시 동업을 하면서 소규모이기는 하나 빌라단지를 지어본 경험도 있었다. 이번에 단지를 한차례 더 지으면 사업의 새로운 국면을 맞이하게 되는 셈이었다. 어쩌면 소규모 건설업체가 중견기업으로 성장할 수 있는 기회가 될 수도 있었다.

1993년까지는 수도권의 군사시설 보호구역 내에서 건물을 지을 때 수도방위사령부와 협의를 거쳐야 했다. 그런데 수도권이 과밀화되고 주택 수요가 계속 늘면서 이러한 보호구역 내에서 건축 규제가 크게 완화될 거라는 소식이 들려왔다.[1] 특히 서울 종로구 부암동, 서대문구 홍제동, 구리시 교문동, 과천시 과천동 등 고도 제한이 있던 지역에서 높은 건물을 지을 때 군부대와 협의하지 않아도 된다는 거였다. 고급 주택단지가 즐비한 평창동 바로 옆에 위치한 부암동은 북악산과 인왕산으로 둘러싸여 서울 한복판에 있으면서도 도심 밖으로 나온 듯한 여유로운 분위기를 풍기는 동네였다. 산비탈을 따라 주택이 들어서 있었는데 정재계 고위층 인사들이 거주하는 호화 주택이 많은 동네로 유명했다.[2] 김신조를 비롯한 북한 공작원들이 북악산을 넘어와 청와대를 기습 공

1 〈「군사구역」 건축통제 대폭완화〉, 1993년 12월 1일, 동아일보.

2 "노태우 전대통령의 비자금 유입의혹이 일고 있는 서울 종로구 부암동 129의 43 유원빌라에는 노씨 측근 및 유력인사들이 대거 거주하고 있는 것으로 확인돼 또다른 관심을 끌고 있다. (중략) 이밖에 이 빌라에는 전 은행장 ㅇ씨, 모 그룹 증권사 사장 ㅂ씨, 모 국책은행 전 부총재 ㅂ씨, 전 국세청 차장ㅈ씨, 원로 야당정치인 ㄱ씨, 유원건설 창업주 2세 ㅊ씨 등이 현재 살거나 소유권을 갖고 있다. 총 37가구인 이 빌라는 72~88평형대의 고급빌라로 거실 바닥은 이태리제 대리석이 깔려 있으며 일부는 복층형이다."(경향신문, 〈유원빌라는 노씨 측근 아지트〉, 1995년 11월 25일)

격하려 했던 1 ·21사태 이후 북악산 일대는 개발은커녕 출입이 통제되어 철통 보안 속에 있었다. 그런 땅에 건축 규제가 완화된다는 것은 숨겨져 있던 보물과 같은 땅이 세상 밖으로 나온다는 것을 의미했다. 그러나 서민층을 대상으로 하는 주택 개발보다는 부유층을 대상으로 넓은 평수의 주택을 지어야 하다보니 리스크가 큰 투자처였다.

아빠는 적극적으로 사업을 추진하기 시작했다. 새로 알게 된 사람들 중에는 고급 정보를 가진 사람들이 많았다. 아빠는 더 열심히 더 자주 골프를 치러 다녔다. 사람은 욕심 부리는 만큼 성취하는 법이었다. 아빠는 600평 규모의 땅을 구입하기로 했다. 평당 400만 원이라고 했다. 속전속결로 일이 진행되었다. 아빠가 계약을 한 날짜는 1995년 3월 28일, 토지매매가만 총 24억이었다. 절반인 12억은 대출로 메웠지만 어차피 공사를 진행하는 동안 분양을 시작하면 금방 갚을 돈이었다. 아직 수중에 들어오지 않은 돈이었지만 머릿속으로 계산이 빠르게 이루어졌다. 고급 빌라단지이니 100억 매출은 가뿐히 낼 수 있을 터였다. 토지구획정리사업이 막 시행된 새 땅에서 하는 공사는 아니었지만 기존 주택 공사와 공정은 똑같았다. 예산 규모만 늘어났을 뿐이었다. 24억짜리 주사위가 던져졌다.

“부동산은 어떻게 하느냐면 내 돈이 10원이 있으면 20원짜리 땅을 산다고. 누구라도. 사람이 욕심이 있어야지. 정주영이는 뭐 처음에 돈 있어가 했나? (중략) 거기가 평당 얼마, 그때 얼마 주고 샀나? 400만 원 줬나? 400만 원에 600평 카면 얼마야? 24억이 잖아. 돈 반 주고. 거기도 빌라 지으려고 샀지. 이제 고급 빌라 지어가 팔았으면 부자 됐지. 계속했으면 부자 됐지. 욕심 부리다가 이래 되는 거야. 사람이 욕심 부리면 안 돼. 내가 잘못한 거지."

— 아빠 구술생애사 인터뷰 중

우리 가족이 망한 진짜 이유

토지 매매 계약을 쓴 이후로 '이래도 안 망할래?' 싶은 수준으로 여기저기서 잽, 스트레이트, 훅, 어퍼컷이 연달아 날아왔다. 먼저 첫 타자는 주민들이었다. 1995년 7월부터 부동산실명법(실질적으로 본인이 보유하고 있는 부동산을 자신의 이름으로 등기하는 제도)[3]이 시행되면서 투기 목적으로 2주택 이상을 소유하고 있는 사람들은 물론이거니와 무주택자 서민들까지 주택 거래를 망설였다. 본인이 소유한 부동산의 명의를 남의 이름으로 등기할 수 있는 명의신탁의 약정은 무효화된다고 하고, 토지종합전산망이 가동된다고 했다. 세금을 피하기 위해 부동산을 내놓는 급매물이 쏟아질 거라는 전문가들의 예측이 이어졌다. 재건축에 동의하던 주민들은 동요하기 시작했다. 그럼에도 대다수의 주민들이 재건축에 찬성하는 분위기였다. 문제는 몇 명의 주민들이 재건축을 강하게 반대하

3 부동산 실권리자명의 등기에 관한 법률(약칭: 부동산실명법)(법제처 국가법령정보센터, http://law.go.kr).

게 됐다는 거였다.

공사가 미뤄질수록 매달 내야 하는 은행 이자가 불어났다. 한 번에 12억이라는 큰돈을 빌렸으니 이자가 어마어마했다. 하지만 1995년 5월 한국 경제는 여전히 성장 중이었고, 부동산 시장은 언제나 그랬듯 다시 상승 곡선을 그릴 것이었기에 아빠는 큰 위협을 느끼지 않았다. 주민 몇 명만 설득하면 생길 경제적 이득을 생각하면 이 사업을 포기할 이유가 없었다. 이미 지출한 이자만 해도 손해가 큰 상황이니 강하게 밀고 나가야 적자도 만회할 수 있었다. 그 무렵 국제 신용 평가사인 스탠더드 앤드 푸어스(S&P)가 한국의 국가신용등급을 A^+에서 AA^-로 상향 조정한 참이었다. 한국이 경제협력개발기구(OECD)에 가입 신청서를 낸 직후였고, 곧 선진국과 어깨를 나란히 하게 될 예정이었다. 반도체 산업이 급성장하면서 한국 수출은 사상 처음으로 1,000억 달러를 돌파했다. 경제성장률은 1995년 8.9%를 찍었다.[4]

두번째 타자는 시청과 구청이었다. 서울시는 북한산 주변 일대의 10만 평을 환경보전벨트로 지정해 건축을 규제하겠다고 발표했다. 특히 아빠가 산 땅이 경사로를 따라 위치해 있는 게 문제였다. 경사가 21도 이상이 되면 건축허가가 나지 않는다는 거였다. 해당 관할인 종로구청은 토지형질 변경을 비롯한 건축허가 문제로 자주 곤혹을 느끼고 있었다.[5] 운 좋게 허가를 받는 건설업체

4 한경금융, 〈화려한 거시지표 뒤에 숨은 위기 '1997년 데자뷔'〉, 2017년 10월 9일.

5 "서울 종로구가 북한산 자락 녹지대의 주택건축을 허용하겠다는 방침을 밝힌데 대해 토지소유주와 구청 및 시민단체 등이 '재산권 제약', '자연경관 훼손'이란 명분을 걸고 뜨거운 논쟁을 벌이고 있다."(경향신문, 〈북한산밑 녹지대 "개발-보존" 논란〉, 1996년 2월 12일)

도 있었지만 운이 나쁘면 허가를 받지 못해 땅에 매여 있는 건설 업체가 한둘이 아니었다.[6] 구청을 상대로 청구소송을 내는 업체가 여럿 있었는데 대법원 판결에서 승소하더라도 구청에서 건축허가를 끝내 내주지 않는 경우도 있었고,[7] 구청이 끝까지 건축허가를 내주지 않더라도 그것이 적법한 조치라고 판결하는 사례[8]도 있었다. 이러한 유사한 사례는 종로구청의회 회의록에서도 자주 뜨거운 감자가 되곤 했다.[9] 귀에 걸면 귀걸이, 코에 걸면 코걸이로 조례가 적용되었기 때문에 운이 좋으면 허가를 받고, 운이 나쁘면 허가를 못 받는 식이었다. 아빠는 매일 아침 부지런하게 종로구청을 찾아갔다. 어떻게든 건축허가를 받기 위해 설계도를 변경해 용도 변경 신청을 했다가 또 반려되기를 반복해야 했다.

세번째 결정타는 'IMF 외환위기'라 불리는 1997년 아시아 금융위기였다. 먼저 환율이 폭등했다. 800원대였던 원-달러 환율이 1964.8원까지 치솟았다. 1만 달러였던 1인당 국민총소득 GNI가 하루아침에 5,000달러로 전락한 셈이었다. 통화가치가 하락하면서 가장 먼저 나온 해결책은 금리 인상이었다. 그것은 IMF가 한국은행에 요구한 사항이기도 했다. 금리가 오르면 국내 기업에 어려움이 발생한다는 것은 자명했지만 어떻게든 외국인 투자를 우선적으로 유치해야 했다. 환율이 1달러에 900원이고 금리가 15%일 때 외국인이 100달러를 투자하면 15달러의 이자를 기대할 수

6 매일경제, 〈주거지역 녹지 개발 억제〉, 1997년 2월 11일.
7 한겨레, 〈구청서 대법판결 묵살〉, 1994년 11월 18일.
8 경향신문, 〈사유재산권보다 환경보전이 우선〉, 1996년 1월 8일.
9 1999년 9월 30일 제94회 서울특별시 종로구의회 임시회 회의록 481쪽, 재무건설위원회 회의록 3쪽.

있지만, 환율이 1,800원이면 7.5달러밖에 얻지 못하니 해외 자본 유입을 견인할 수가 없었다. 환율을 내리기 위해서는 금리를 높여야 했다. 한국은행은 연 30%대의 초고금리 방안을 발표했다. 1998년 초에는 중소기업 전체의 3분의 1이 도산하고 말 것이라는 전문가들의 예측도 나왔다. 중소기업들은 초고금리 빚을 내서 기존에 가지고 있던 빚을 갚아야 하는 처지였다.[10] 1994년 대출 금리는 평균적으로 연 10~12% 선이었는 데 비해 1998년 초고금리는 30%대를 넘어서는 때도 있었다. 1998년 1월 13일 국회가 IMF의 지원 조건을 이행한다는 명목으로 이자율 상한제를 없애버렸기 때문이다. 금리는 끝없이 폭등했다. 이는 2002년까지 시행됐다.

1998년 9월, 아빠가 갑자기 40평대 올림픽선수기자촌아파트를 판 것도 이때였다. 1994년 3월 이사를 들어갈 때 영원히 그 집에서 살 거라 생각했기에 엄마는 인테리어부터 가구, 소품까지 모든 것을 하나도 포기할 수가 없었다. 일상이 무너져내리고 있었다. 채 5년을 채우지 못하고 모든 것을 포기해야 하는 상황이 된 것이다. 부모님이 육탄전을 벌이며 싸우는 것을 본 것은 그때가 처음이자 마지막이었다. 엄마는 어떻게든 집만은 팔면 안 된다고

10 "살인적인 고금리에 기업과 금융기관, 가계가 함께 무너지고 있다. 현재 시중금리는 평균 20%를 넘어 이 수준이 유지될 경우 국내 전체 사업계가 올해 부담해야 할 이자는 지난해의 2배인 90조원에 달해 버틸 기업이 없을 정도이다. 또 가계파산도 크게 늘고 있다. 금융기관들이 고금리하에서 예금을 유치하기 위해 연 20%대의 고금리 상품을 경쟁적으로 개발, 결국 대출금리를 높임으로써 가계의 이자부담이 급증하고 있기 때문이다. (중략) '아무리 협약사항이라지만 미국, 일본에 비해 무려 10배나 높은 금리를 안고 기업이 존속하는 것만으로도 기적'이라며(중략) 중소기협중앙회의 한 관계자는 '지금 빚을 갚기 위해 초고금리로 빚을 내고 있는 형편'이라며 '정부는 4월 이후면 사정이 좋아질 것으로 말하지만 그때까지 중소기업 전체의 3분의 1 이상이 도산하고 말 것'이라며 대책마련을 촉구했다."(매일경제, 〈'살인금리'기업 혼수상태〉, 1998년 1월 21일)

했다. 아빠는 집이고 뭐고 다 팔아야만 도산을 막을 수 있는 상황이라고 했다. 아빠는 이 문제를 해결하면 46평이든 100평이든 아파트는 얼마든지 다시 살 수 있을 거라 했다. 두 사람의 의견은 좁혀지지 않았고, 결국 아빠는 급매물로 싸게 집을 내놓았다. 46평 아파트가 약 4억 원에 팔렸다. 엄마가 입주 인테리어 공사를 했던 기간보다 빠르게 집이 팔렸다. 우리는 쫓겨나듯 아파트단지 가장 끝에 위치해 있는, 가장 작은 평수의 집에 전세로 들어갔다. 이전에 이사할 때 엄마는 나의 유치원, 초등학교 통학을 고려해 신중하게 집 위치를 골랐는데, 이번에는 그런 선택권이 주어지지 않았다. 정반대로 아파트단지에서 통학거리가 가장 먼 거리에 있는 동으로 이사를 가야 했다.

"제일 힘들었던 부분은 내 통제를 못했던 게 힘들었던 거야. 내가 수입이 좋았을 때 내가 알아서 어떤 목표를 세워서 그만한 돈을 주면 단 얼마라도 저축을 해야 하는데… 우리는 돈이 마르지 않으니까 샘솟는 우물이랄까? 그렇게 생각하고 계획 없이 살았는 거지. 아빠가 항상 사업해서 잘될 거라고만 생각했지 내리막이 있을 거라고 생각은 못 했던 거지. 그래서 지금 생각해보면 내 통제가 참 없었구나. 과소비하고. 그랬던 게 후회되고."

— 엄마 구술생애사 인터뷰 중

이제는 돌이킬 수 없다

아빠의 전재산은 그렇게 믿던 땅에 매여 있었다. 1998년부터 2002년까지 대출 평균금리는 9.5%, 5년 만기 원리금 균등 상환시 월 상환금액은 2,500만 원, 3년 만기 기준은 3,800만 원 선이었다. 꼬박꼬박 이자 지급일은 다가왔다. 부암동에서 건축허가를 받기 전에 또 다른 건물을 지을 만한 자금 여력이 되지 않았다. 지금까지 본 손해를 만회하고 원금이라도 보전하기 위한 방법을 찾아야 했다. 손실 규모가 천만 단위, 억 단위를 넘어가고 있었기에 다른 일을 해서 생활비를 조금 버는 것으로는 이자를 낼 수도 없었다. 4대 투자항목이라 불리는 주식, 채권, 예금, 부동산 가운데 투자가 가능한 항목이 많지 않았다. 30대 대기업 가운데 16곳이 파산했고, 은행도 줄줄이 도산하고 있는 상황에서 융통할 수 있는 현금도 없는데 예금을 할 수는 없었다. 땅에 이미 발이 묶여 있는 마당에 부동산 시장 역시 사상 처음으로 하락세를 보이고 있었다. 아파트 매매가격은 전국 평균 18%가 떨어졌다. 잠재 수익을 기대하는 것이 아니라면 단기간에 현금 수익을 얻는 것은 불가능한 상황이었다. 아파트 시장이 이러하니 나머지 다세대주택, 상가는 더욱 수익률이 떨어진다는 인식이 강했다. 나머지 선택지는 주식 아니면 채권이었다. 채권은 매입금액 하한선이 있었기 때문에 소액 개인 투자자의 접근성이 떨어졌다. 결국 남은 건 주식뿐이었다.

1998년 중반까지만 해도 주식시장은 침체를 보이고 있었지만 외국인 투자자들이 어떻게 움직이는가에 따라 주식 그래프가 요동쳤다. "한국이 위기에서 벗어나려면 외자 유치 외에는 길이 없다"는 게 김대중 정부의 기조였다.[11] 1998년 7월 국내 주식시장은 외국인 투자자에 완전히 개방되었고, 공매도[12]가 허용되었다. 신문사에서는 빚 적고 현금 흐름이 좋은 주식을 사라며 장려했다.[13] 1998년 말이 되면 그래프가 반등하며 종합주가지수 기준으로 수익률이 40% 이상을 찍으며 연일 상승세를 이어나갔다.[14] 원-달러 환율과 외국인 주식 순매수 변동 그래프가 시시각각 롤러코스터를 탔다. 국내기업은 인원 감축 끝에 통폐합되거나 분리매

11 매일경제, 〈IMF 1년 달라진 세상 (2) 외국 지배력 확장 종자, 제지업 등 외국인 손으로〉, 1998년 11월 11일.

12 공매도(Short Stock Selling)란 말그대로 '없는 것을 판다'라는 뜻으로 특정 종목의 주가가 하락할 것으로 예상되면 해당 주식을 보유하고 있지 않은 상태에서 주식을 빌려 매도(주식을 파는 것) 주문을 내는 투자 전략이다. 주로 초단기 매매차익을 노리는 데 사용되는 기법이다. 향후 주가가 떨어지면 해당 주식을 싼값에 사들여 빌린 주식을 갚음으로써 시세차익을 챙긴다. 공매도는 주식시장에 유동성을 공급하는 반면 시장 질서를 교란시키고 불공정거래 수단으로 악용되기도 한다(두산백과, pmg지식엔진연구소).

13 매일경제, 〈빚 적고 현금흐름 좋은 주식 사라〉, 1998년 4월 14일.

14 경향신문, 〈채권 '짭짤' 부동산 '씁쓸' 주식 '뒷맛 짜릿'〉, 1998년 12월 26일.

각되고 있었다. 그 무렵 고위관료의 83%와 국회위원의 62%는 크게 배를 불렸다. 매입과 매수의 시기를 기가 막히게 맞춰 치고 빠진 사람들이 있었던 것이다.[15]

너도나도 주식시장으로 달려들었다. IMF 외환위기 이전 수준으로 빠르게 회복된 것은 주가뿐이었기 때문이다. 하지만 주식시장의 흐름을 잡고 있는 것은 외국인 투자자들과 투자정보를 알고 있는 고위공직자 등 소수의 보이지 않는 큰손들이었다. 주식이라고는 해본 적도 없는 아빠는 주변 지인들의 정보를 따라 개미투자자로 시장에 뛰어들었다. 건물을 짓고 파는 것도 큰이모에게 몇 년 동안 배워서 했는데 바로 주식시장을 읽을 수 있을 리가 없었다. 20년 동안 쌓아온 건축사업의 지식과 경험은 순식간에 무용지물이 되었다. 아빠는 최선을 다해서 이번에는 이 주식, 다음에는 저 주식, 공매도 세력 뒤꽁무니를 쫓아다니기 바빴다. 하지만 남들이 다 아는 정보를 가지고 무작정 주식시장에 뛰어든 셈이었다. 아빠는 융통 가능한 현금도 주식으로 모두 날려버리고 말았다. 그렇게 끌려다니는 사이 대기업들은 빠르게 인수합병을 마쳤다. 오랫동안 자리 잡고 사업을 키워가던 중견기업들은 하루아침에 도산했고 수많은 노동자들이 길거리로 나앉았다.

아빠는 무엇보다 땅 문제를 해결하기 위해 고군분투했다.

15 "IMF사태로 인한 미증유의 경제난에도 불구, 정부와 국회, 법원, 헌법재판소 고위 공직자들의 재산이 1년 사이 크게 늘어난 것으로 드러났다. 특히 상당수 공직자들은 고금리로 인해 기업이 도산하고 국민이 고통을 받았던 것과는 달리 고율의 이자수익과 주식투자로 횡재를 한 경우도 많아 경제난이 이들에게 오히려 재산증식의 호재로 작용했던 것으로 밝혀졌다."(경향신문, 〈IMF시대 고위공직자 77%가 재상증가 139명이 1억 이상 불려〉, 1999년 2월 27일);한겨레, 〈고위관료83%, 국회의원62% 'IMF' 이후 1년간 재산 늘어〉, 1999년 2월 27일.

건축허가가 나서 땅 문제를 해결하면 어떻게든 빚을 청산하고 다시 재기할 수 있을 거라 생각했다. 건축허가가 나지 않는 땅이었기에 처분하는 것도 불가능한 상황이었다. 행정과 씨름하는 사이 빚은 자꾸 늘어났고, 건설업의 지형도 빠르게 바뀌고 있었다. '분수가 물 뿜어내듯 승승장구'하며 운이 좋았던 시절이 거꾸로 재생된 것처럼 재산은 눈 깜짝할 사이 물거품처럼 사라졌다. 1997년 경기부양 및 활성화 방안으로 주택 분양가가 자율화되었다. 주택담보대출이 확대되었고, 분양권 전매가 허용되었다. 신규 분양자에게는 양도세와 취득세 등 각종 세금 감면 혜택이 부여되었다. 그러나 유동자금이 마뜩잖은 중견 건설사들은 IMF 외환위기 상황을 이겨낼 재간이 없었다. 정부는 건설 경기를 활성화시키기 위해 이러한 정책들을 내놓았지만 결과적으로 건설사들 간의 무한경쟁을 부추겼다. 이 과정에서 약 250여 곳의 건설업체가 부도났다. 국가 부도는 막았지만 중간 허리를 받치고 있던 기업들은 모두 사라지고 만 것이다.

"경사도가 21.5도 이상되면 (건축) 허가를 안 내줘. 경사도가 높은데 그걸 다 알아보고 해야 되는데. 그놈에 땅 때문에 10년 동안 구청에 쫓아다니고. (중략) 아빠도 요 올림픽아파트 그때 안 팔아야 되는데 팔아가. 빚 갚는 데 다 썼지 뭐. 일이 안 될라 카니. 땅을 잘못 사가. 어이 하노 사람이… 살다가 그래 되는 거는 뭐…

(중략) 내가 귀가 얇아가 잘못해가. 잘 나가다가 또 수그러들어 버리고. 엄마하고 니한테 미안치 뭐. 잘해야 되는데 이래 돼버렸지."

— 아빠 구술생애사 인터뷰 중

"좀 기다리면 회복이 될 거라고 하면서 계속 1년만 있으면 된다고 했는데 회복은커녕 아이고. 그렇게 말같이 쉽지가 않더라고. (중략) 우리 땅 바로 옆에는 다 집이 들어섰어. 빌라같은 게. 계속 뭐 좋은 방향으로 한번 해보겠다고 추진을 했지. 계속해도 원점이야. 또 하면 원점이고. 그런식으로 해가지고 헤어나오지도 못하고 허송세월을 보낸 거지 결국에는. 결국에는 어떻게 해내지도 못하고 마음만 많이 힘들었지. 돈만 쏟아붓고 그거 해결한다고. 몇십 억이 들어갔어, 진짜 이래저래."

— 엄마 구술생애사 인터뷰 중

주택 시장에서 새로 등장한 것이 바로 브랜드 아파트였다. 건설업체들이 분양가를 직접 정할 수 있게 되면서 대규모 자본을 움직일 수 있는 대기업들은 고급 아파트 사업에 뛰어들었다. 1999년, 새천년을 코앞에 둔 시점이었다. 상위 50위에 들던 건설사 가운데 26개사가 자취를 감추었다. 그리고 2002년, 텔레비전을 뜨겁게 달구었던 광고가 세상에 모습을 선보였다. 한 여성이 친구네 아파트의 열쇠고리를 보고 부러워하는 내용이었다. 그 열쇠고리에는 '래미안'이라는 글씨가 쓰여 있다. 이 아파트에 사는 것만으로도 남들과 차별화된 삶을 사는 특별한 사람이라는 점을 부각한 것이다. 광고는 '당신의 이름이 됩니다. 래미안'이라는 성우의 목소리로 끝이 난다. 삼성물산의 '래미안', 대림산업의 'e편한세상', 롯데건설의 '롯데캐슬'은 3대 브랜드 아파트로 거듭났다. 이러한 고급 브랜드화 전략이 성공을 거두면서 이제 아파트에 사는 것이 중산층의 지표가 아니라 어떤 아파트에 사느냐가 중요한 문제가 된 것이다. 뒤이어 GS건설의 '자이', 대우건설의 '푸르지오', 포스코건설의 '더샵', 현대건설의 '힐스테이트' 등 수많은 아파트 브랜드가 출시되었다.

그렇게 우리 가족은 2000년대를 맞이했다. 올림픽선수기자촌아파트 단지에서도 학교와 가장 먼 곳에 위치한 전셋집으로 옮겨 다닌 끝에 결국 아빠는 아파트단지 맞은편에 있는 주택으로 이사 가는 방법을 선택했다. 엄마가 다시 일을 시작했을 무렵이었다.

"옛날에 생활이 좋았을 때는 아빠한테 의지를 많이 했는데 생활이 그러다 보니까 아빠는 뭐랄까, 가정에 소홀해지는 거야. 자기는 달달이 돈을 못 줘도 일이 잘되면 한꺼번에 해줄 테니 걱정하지 말라고 하는데 그게 하루이틀도 아니고 세월이 지나다보니까 너무 힘들어지는 거야. 기다리는 것도 어느 정도지. 이제 한계에 부딪혀서 아, 내가 스스로 일어나야겠다."

—엄마 구술생애사 인터뷰 중

이대로 포기할 순 없다,
부동산 가족!

"엄마가 아무 생각 없이 살았다, 그런 거 보여주기 싫고 내가 딸 때문에 이 세상을 다 얻었으니까 딸 때문에 내가 끝까지 포기하지 않고 딸을 위해서 열심히 계속 전진하고 도전해야지. 내가 움직여야 우리 가정이 돌아간다, 이제 그런 생각으로 움직이는 거야. 물론 아빠는 뭔가 해보려고 애는 쓰지만 생각대로 안 되니까. (중략) 아빠는 그냥 없으면 없는 대로 살라는 거야. 이래가지고는 큰일 나겠다 싶어서. (중략) 처음에는 뭘 했냐면 베이비시터. 한 한 달 했나? 도저히 못 하겠는 거야. 주로 강남에 하고 반포. 책 읽어주고 다섯살짜리 애도 봐주고. 내가 왜 이러고 있어야 돼? 나는 집에서 애하고 맨날 쇼핑이나 다니고 맨날 그게 내 일과였는데. 맨날 집에서 '사모님' 소리 듣다가 내가 나가서 '사모님' 해야 하잖아."

— 엄마 구술생애사 인터뷰 중

하염없이 침대에 누워 하루를 보내던 엄마는 어느 날 모르는 번호로 전화 한 통을 받았다. 땅에 투자를 해보라는 광고 전화였다. 요즘이야 인터넷으로 조금만 검색을 해도 쉽게 정보를 얻을 수 있지만, 스마트폰도 없던 시절 사람들은 어디서 어떻게 땅을 사서 투자를 할 수 있는지 잘 몰랐다. 땅은 잘 몰라도 부동산 투자라면 '끗발' 깨나 날려본 엄마는 귀가 솔깃했다. 하지만 투자할 목돈이 없다고 솔직하게 말했다. 전화가 며칠 동안 끈질기게 걸려왔다. 투자가 어려우면 직접 일을 해볼 생각은 없느냐는 것이었다. 전화를 건 사람은 일단 한 번만 나와보고 결정하라고 설득했다. 혹시 사기를 치려는 거면 안 하고 문을 박차고 나올 결심으로 엄마는 집을 나섰다.

조심스레 문을 열고 들어간 강남의 한 사무실은 마치 도떼기시장 같았다. 여기저기 큰 목소리로 침을 튀기며 말하는 사람들이 전화를 붙들고 다닥다닥 앉아 있었다. 그곳은 2003년부터 시작해 3년 만에 여러 개의 계열사로 늘어날 만큼 급속도로 성장한, 일명 기획부동산의 대부라 불리는 삼○그룹이었다. 그곳에서 사람들은 기획부동산이 헐값에 매입한 땅을 전화로 되파는 아웃바운드outbound 텔레마케팅 일을 하고 있었다. 그들은 대부분 40, 50대 여성들이었다. 엄마처럼 집에서 갑작스레 전화를 받았거나, 지하철에서 '주부사원 모집 월 120 수익 보장'이라는 종이 광고를 보고 이곳을 찾은 사람들이었다. 일비를 1만 원에서 3만 원씩 지급해주어 주로 현금이 당장 필요한 사람들이 일을 시작했다. 또한 실적에 따라 인센티브가 지급되기 때문에 텔레마케터 본인이 어떻게 영업을 하느냐에 따라 수입이 천차만별이었다. 나중에 알게 된 사실이지만 입사를 하면 무조건 '과장' 타이틀을 달았고, 100평 이상의 땅을 판매하면 '차장'으로 진급할 수 있었다. 엄마가 '노과장' '노차장'으로 승진할 수 있었던 까닭도 이러한 사내 인사체계 덕분이었다.

엄마는 며칠 동안 회사를 나가다가 포기하기를 반복했다. 모르는 사람에게 전화를 걸어 뜬금없이 땅을 판다는 것이 가능해 보이지가 않았다. 갑자기 모욕적인 말을 하거나 다짜고짜 욕을 하는 사람들도 있었다. 수치심이 몰려왔다. 하지만 딸과 라면 두 봉지를 사먹을 당장의 현금이 없었다. 남편은 다 망해가는 사업을 수습하겠다며 남은 재산을 주식과 펀드로 말아먹고, 눈과 귀를 닫더니 이제 입도 다물어버렸다. 엄마는 이를 악물고 버텨야 했다. 하루만 더 나가보고 안 되겠으면 그만두자고 생각하며, 그렇게 사흘, 일주일이 지나고, 한 달이 지났다. 어느새 일에도 조금씩 적응이 됐다. 그럭저럭 해볼 만한 일인 것 같았다. 달리 일할 곳도 없었다.

생각보다 땅에 관심을 보이는 사람들이 많았다. 얼굴도 모르는 사람에게 전화로 매일 안부를 묻다가 어느새 서로 신뢰를 쌓게 되어 그 사람이 회사에 방문하기도 했다. 지난 30년 동안 '강남 불패 신화'를 보아온 사람들이었다. 정보가 없어서 남들 다 하는 투자를 못 하다가 이제야 땅을 살 수 있게 되었다는 것이다. 엄마도, 옆자리에 앉아 있는 퇴직한 교감 선생님도, 장사를 하다가 말아먹어 새로 입사했다는 옆 팀의 자영업자 사장님도, 땅은 무너지지 않을 거라는 '불패 신화'를 믿었다. 퇴직금은 사라지고, 권리금은 날아가지만, 내 명의의 땅은 계속 남아 언젠가는 가격이 오를 것이었다. 그것이 땅의 순리였다. 누군가 계약을 따내면 전 직원이 함께 박수를 쳐주었고, 쟁반에 현금을 쌓아 인센티브를 전달했다. 그 땅이 내 땅은 아닐지언정, 이곳에서 다시 재기할 수 있을 거라는 희망을 피부로 체감했다.

그러던 2006년, 회장이 구속되었다. 엄마에게도 고객들의 전화가 빗발쳤다. 내가 산 땅이 사기를 당한 게 아니냐는 것이었다. 2003년 삼○그룹은 삼○인베스트, 삼○에스아이, 삼○피엠, 삼○센추리, 삼○에프엠의 총 5개 계열사를 거느리며 부동산업계 1위 규모를 자랑했다. 계열사마다 150여 명의 텔레마케터가 일하고 있었는데, 2001년 250억 원이었던 매출규모는 2004년 무렵에 1,667억 원까지 껑충 뛰었다. 당시 열린우리당 민생경제특별위원회 위원으로 활동하는 등 정치권과 교류가 활발했던 회장은 탈세, 횡령 등의 혐의로 구속 기소되었다. 이 과정에서 열린우리당 소속 의원들에게 후원금을 전달한 사실도 드러났다.

하지만 이 사건으로 기획부동산 업계는 무너지지 않았다.

삼○기업을 위시하여 영업방식을 익힌 임직원들이 연달아 새 회사를 연 것이다. 텔레마케터들은 일정 기간 계약을 성공하지 못하면 쉽게 해고되기 때문에 근무지를 옮기는 것은 일상다반사였다. 요즘은 A회사 땅이 괜찮다더라, 하면 엄마는 A회사로 옮겼고, 요즘은 B회사 계약 건이 많다더라, 하면 엄마는 B회사로 옮겼다. 기획부동산을 비판하는 기사가 쏟아졌지만, 모두 사기라고 몰아세우기에는 수익을 보는 고객들도 있었기에 결국 위험 부담이 큰 투자처라는 인식이 대다수였다.

회사들은 ○○알앤디, ○○씨앤디, ○○개발, ○○컨설팅 같은 이름으로 역삼역과 선릉역 일대를 가득 차지했다. 일명 '깔세'(임대차 매물을 재임대하는 전대차 방식 계약으로 보증금 없이 월세를 선납하는 방식) 장사로 치고 빠지는 식의 영업이다. 주로 1년 단위로 계약을 하는 사업장과 달리 이러한 회사들은 회사 자체의 운영보다는 특정 토지를 모두 판매하고 나면 영업장이 문을 닫고, 다른 땅을 팔기 위해 새로운 영업장을 여는 방식으로 운영이 이루어졌기 때문에 '깔세'로 입주하는 업체가 많았다. 가족의 생계를 책임지고 있는 수천 명의 중년 여성들이 테헤란로 곳곳의 기획부동산 사무실을 가득 메웠다. '주부사원 모집'이라는 홍보 문구는 '부동산 상담사 모집, 기본급+인센티브, 월 300만 가능' '일당 7만원+α, 부동산 배우며 일하실 분'이라는 내용으로 살짝 바뀌었을 뿐이었다.

"처음에 계속 콜이 왔어. 좋은 일터라고. 갔다? 딱 들어갔는데 완전 도떼기시장이야. 영업활동을 하는 거지 말하자면. TM(텔레마케팅) 하는 건데 사람이 굉장히 많았어 한 업장에. 그래서 분위기가 익숙해지지가 않으니까 도망가버렸어. 근데 3일만 견뎌보래. 첫날에는 너무 힘들었어. 3일 견뎌보니까 내가 적성에 맞는 거 같애. 할 수 있을 거 같애. 육체노동을 안 하고 전화로 텔레마케팅이니까. 아니, 돈 벌 일이라면 내가 이 정도는 감수해야 하지 않을까 싶어서 해보니까 어? 고객들 반응이 좋아. 아빠를 설득해도 안 돼서 몰래 일을 했는데 우리가 옛날처럼 수입이 없으니까 일단 움직여가지고 애를 교육을 시켜야지. 그래서 삶의 용기를 얻고 열심히 직장 생활하면서 재밌게 일하고 있지요."

— 엄마 구술생애사 인터뷰 중

엄마가 매일 강남을 오가는 사이 아빠는 종로를 오가고 있었다. 아빠가 산 땅이 종로구에 속해 있었고 건축허가는 구청의 관할이었기에 아빠는 하루도 쉬지 않고 종로구청을 찾아갔다. 그리고 여러 차례 행정심판청구를 하거나 진정서를 제출해보기도 했다. 이전과 달리 엄격해진 행정절차 탓에 아빠는 땅에 발이 묶여 이러지도 저러지도 못하고 10여 년을 허송세월했다.

"상기 본인(청구인)이 측량회사에 의뢰해 현장 측량을 통해 경사도 도면을 제시했음에도 불구하고, 종로구청(비청구인)은 끝까지 공부상 소유한 항측도(지형도)에만 기준을 두고 2009년 11월 23일 서울시 행정심판위원회에 의해 제공된 2차 질의 반박 답변서에 형질변경 불가를 거듭 밝히고 있는데 모든 내용이 1차 반박과 같은 내용입니다. 10년이면 강산도 변한다는 말도 있듯이 1998년 11월에 제작된 항측도를 가지고 오차범위가 미묘하기 때문에 이를 절대시하며 지형의 변화는 천재지변에 의한 것만을 인정한다고 하고 현재 상기 기변의 지형변화에 대해서는 인정할 수 없다는 주장으로 현실을 외면하면서 개발을 막으려는 탁상적 방어태도를 이해할 수 없습니다. (중략) 일방적인 반복된 내용의 반박 답변서를 제출하기에 심히 유감스럽고 이제는 종로구청(피청구인)과의 의견교환은 시간 낭비라 사료되어 행정심판위원회의 현명한 판단으로 조속한 시일 내 결론을 내려 줄 것을 부탁드리며 이에 진정합니다."

— 종로구 부암동 000-0, 0, 00 형질 변경 건에 대한 진정서(2009.11) 중

IMF 외환위기 직후 이자를 감당하기 위해 4억 원에 처분한 47평짜리 아파트는 2002년이 되자 매매가가 약 2배 가까이 뛰어 7~8억 원에 달했다. 부모님의 기대와 달리 우리가 다시 아파트 단지로 돌아갈 수 있는 확률은 점점 희박해지고 있었다. 아빠는 끊임없이 오르는 아파트 값을 보며 "그때 아파트를 팔면 안 된다

는 엄마 말을 들을걸" 후회하고 또 후회했다. 다시 그때로 돌아가더라도 집을 팔지 않았더라면 이자를 감당할 재간이 없었을 것이다. 2022년 현재 우리가 살았던 평수의 해당 아파트는 약 22억 원을 호가하고 있다.

내가 고등학교를 졸업할 무렵, 종로구 땅의 강제경매가 시작됐다. 어차피 이자는 더 이상 감당하지 못한 지 오래됐고, 건물도 지을 수 없을 바에야 토지라도 처분할 수 있는 게 그나마 시도해볼 수 있는 현실적인 해결 방안 중 하나였다. 그렇게 정리를 하고 나면 소액이지만 약간의 현금이 남을 예정이었다. 아빠는 그 돈으로 먼저 빚을 청산했고, 내 대학교 첫 등록금을 지원해주었다. 양육비를 책임지지 않았던 아빠가 거의 유일하게 금전적 지원을 해주었던 시기였다.

부모님이 선택한 부동산이라는 해법은 어쩌면 가장 현실적인 방안일지도 몰랐다. 아빠가 땅에 대해 집착하고 다시 사업으로 재기할 수 있을 거라 여겼던 것은 두 발이 땅에 계속 매어 있었기 때문이었다는 것을 몰랐다. 그럼에도 불구하고 나를 먹이고 키우기 위해 베이비시터부터 할 수 있는 일은 닥치는 대로 시도해본 엄마의 용기는 아빠의 집요함과 성실함보다 훨씬 더 대단한 것이었다. 사모님의 자존심과 사업 실패의 패배감을 모두 내려놓고 엄마는 기꺼이 가장이 되었다. 결과적으로 텔레마케팅 분야 중에서도 부동산으로 귀결되기는 했지만 말이다.

IMF 외환위기 이후 대형 건설사가 줄도산하는 상황에서 작은 건설사를 운영하던 아빠의 사업이 예전처럼 잘 유지되기는 불가능에 가까웠다. 아빠는 결국 사업을 접어야 하는 운명이었을 것이다. 그것은 시대의 흐름이기도 했다. 비록 '집장사'이기는 했지만 부동산으로 한평생 경제 활동을 해왔던 두 사람은 이러한 현실을 받아들이기가 어려웠을지도 모른다. 오랜 시간 동안 직접 경험해왔던 부동산에 대한 믿음을 바탕으로 부모님은 과감한 결정 혹은 과도한 욕심으로 '올인'해버렸고 부모님의 이번 베팅은 성공적이지 않았다. 세월이 흐르고 시장은 바뀌었지만 두 사람에게 부동산을 제외한 다른 선택지는 잘 보이지 않았을 것 같다. 부모님의 선택을 온전히 어쩔 수 없었던 것이라고 치부해버릴 수는 없다. 하지만 한편으로 과거의 도시개발 과정을 살펴보니 그 이면에는 사람들의 투기를 부추기고 책임지지 않는 한국 사회가 있었다.

6장

가족과 가난에서 벗어나기

서울특별시 송파구 오금동 상가주택(12평)

가난의 경험, 가난의 증명

송파구에서 학교를 다니며 주변에 나랑 비슷한 처지에 놓인 친구들은 거의 만나기가 어려웠다. 다들 아파트에 살고, 학원은 누구나 다니는 것이고, 대학은 당연히 진학하는 거라는 분위기가 있었다. 서로의 가난은 숨겨야 하는 것이었다. 나 역시 가난을 숨기기 바빴다. 내일 등교할 버스비가 없어서 걸어가는 한이 있더라도 친구들 앞에서는 가난하지 않은 것처럼 대범하게 돈을 썼다.

돌이켜보면 집안 사정이 어려워진 뒤로도 나는 그런 행세를 해왔다. 현대사회에서 가난하지 않은 척하는 것은 매우 쉬운 일이다. 학비와 급식비가 밀려 교무실에 불려갈지언정 용돈을 모아 산 중저가 브랜드 운동화는 신고 다녔다. 내가 처음 가난을 증명해야 했던 때는 고등학교 재학 중일 때였다. 점심시간에 친구들과 급식을 먹고 있는데 담임 선생님이 오더니 너희 아버지가 사업을 하다 망했느냐고 물었다. 나는 교실 밖으로 뛰쳐나갔다. 종례가 끝나고 담임 선생님이 내 이름을 부르며 잠깐 남으라고 했다. 거기까지 했으면 좋았을 텐데, 선생님은 지원 관련해서 이야기를 나눠야 한다는 디테일까지 공개적으로 발설하고 말았다. 화들짝 놀라 얼굴에 열이 올랐다. 두근거리는 심장을 붙들고 교무실에 갔다. 선생님은 학비와 급식비가 계속 납부되지 않아 어머니께 여러 차례 말씀을 드렸는데도 입금이 안 되고 있다며 종이를 한 장 내밀었다. 국가지원신청서였다. 눈물이 나는 것을 겨우 참았다. 만일 선생님이 티가 나지 않도록 나를 배려해주었다면 그런 모욕감을 느끼지 않고 부모님을 원망하지 않았을지도 모르겠다. 엄마가 퇴근하자마자 나는 상황을 설명하기 전에 화부터 냈다. 엄마는 그날 밤 누군가로부터 돈을 빌린 듯했다. 그리고 밀린 돈을 납부했으니 내일부터는 더 이상 신경을 쓰지 않아도 된다며 거듭 미안해했다. 며칠 뒤 담임 선생님이 다시 공개적으로 아이들 앞에서 나를 불렀다. 나는 엄마가 처리를 하셨고 지원은 필요가 없다고 했다. 장기적인 관점에서 국가 지원을 받고 생활비에 돈을 더 보태는 게 이성적인 판단이었을지도 모르겠다. 하지만 어린 나는 이 모든 상황이 창피하기만 했다.

중학교 때까지 나는 건축가가 되고 싶었다. 아빠가 하는 일은 개인 사업이었지만 건축업에 속해 있었고, 인테리어에 늘 관심을 갖고 가구와 조명을 꼼꼼하게 고르는 엄마와 함께 유년 시절을 보내서였는지도 모르겠지만 건축이라는 분야에 '내적 친밀감'(말하지 않아도 친밀하게 느껴지는 마음)이 컸다. 장래희망에 건축가라고 적으면 아빠는 꼭 트집을 잡았다. 건축 일을 하면 현장에서 인부들과 소통하기 어려울뿐더러 여자가 할 일은 아니라는 거였다. 아빠 사업이 어려워지면서 엄마의 애정이 곳곳에 묻어 있는 집을 마지못해 팔고 전셋집으로 이사를 간 뒤로 건축가가 되고 싶다는 열망이 더 커졌다. 전셋집은 마음대로 못질을 할 수 없으니 엄마 성에 차게 인테리어를 할 수 없었다. 사실 그보다는 인테리어에까지 돈을 쓸 만한 경제적 여유가 없었을 것이다. 유치원에 다닐 무렵 내가 직접 골랐던 가구는 청소년이 될 때까지 바뀌지 않았다. 사춘기 무렵이 되자 파스텔 톤의 책상이 못생겨 보였다. 엄마는 언젠가 우리가 더 넓고 좋은 집으로 갈 수 있을 거라 확신했다. 그래서 나 역시 미래의 내 방을 상상하기 시작했다. 지나가다가 부동산에서 아파트 평면도 팸플릿을 보면 꼭 가방에 챙겨 가져왔다. 그리고 가구를 배치하며 놀았다. 초등학교 6학년 여름방학에는 건축박람회가 열린다는 텔레비전 광고를 보고 달력에 표시까지 하며 그날이 오기를 기다렸다. 엄마와 건축박람회에서 받아온 전단지를 훑어보고 좋아하는 건물이나 마음에 드는 인테리어는 스크랩북에 고이 간직했다.

중학교 3학년 무렵 어디선가 미술 입시를 해야 건축학과에 갈 수 있다는 이야기를 들었다. 당시 미술 입시를 한다는 것은 곧 예술고등학교에 진학한다는 의미로 받아들여졌다. 주변에 예고를 준비하는 친구들은 이미 몇 년 전부터 미술학원을 다니고 있었다. 학원비를 알아보다가 숨이 턱 막혔다. 이미 우리 집 사정이 어렵다는 것은 잘 알고 있었다. 지금이야 건축학과에 진학하기 위해서 굳이 예고에 진학하지 않아도 된다는 것을 알고 있지만, 그때는 그걸 몰랐다. 당장 할 수 있는 일이 미술학원에 다니는 것이었는데, 미술학원에 다닐 형편이 안 된다는 현실이 거대한 장벽처럼 느껴졌다. 엄마는 미술 공부하는 것을 반대했다. 이후 나는 반항기 가득한 사춘기 시절을 보낸 뒤 결국 영화를 공부하기로 했다.

수능이 끝나고 대학교 두 군데에 붙었는데 진학할 학교를 고르는 기준이 된 것은 등록금 금액이었다. 교육 수준 대비 가성비가 더 좋은 곳, 즉 학비가 저렴한 곳이어야 했다. 비슷한 시기에 등록금 납부서가 날아왔다. 사립대학교 편지지에는 입학금 포함 약 600만 원에 달하는 금액이 찍혀 있었다. 두 눈이 튀어나올 지경이었다. 2000년대에는 대학교 학비가 매년 소비자물가보다 훨씬 더 빠른 속도로 올랐다. 입학금이 600만 원이면, 4년 동안 약 5,000만 원에 가까운 금액을 내야 한다는 거였다. 미국에서는 학비가 1억에 육박한다고 하더니 한국도 별반 다를 바가 없다는 생각부터 들었다.

수능을 보기 전에는 누구나 다 대학에 가는 분위기 속에서 나 역시 당연히 대학에 가는 거라고 생각했는데, 막상 등록금 납부서를 보고 나니 왜 그렇게 생각했던 것인지 스스로 반문이 들었다. 이건 누구나 갈 수 있는 곳이 아닌 것 같았다. 고등학교 학비도 못 내는데, 대학교 학비를 엄마가 낼 수가 있나? 며칠 뒤, 국립대학교에서도 우편물이 왔다. 이 납부서에는 사립대학교의 절반인 300만 원 정도의 금액이 적혀 있었다. 그때까지만 해도 어느 학교에 가는 게 나을지 고민 중이었는데, 문제가 바로 해결됐다. 국립대학교에 가기로 했다.

처음 등록금 고지서를 받았을 때까지만 해도 막상 입학하면 어떻게든 모든 것이 해결되리라 안일하게 생각했다. 첫 입학금은 운 좋게 부모님이 납부해주었기에 그 뒤로도 어떤 방도가 생기지 않을까 막연히 기대했던 것 같다. 내가 돈 때문에 경험하게 된 일들이 부모님의 무능 탓이라 생각했고 내가 해결할 수 있는 문제가 아니라고 여겼다. 대학교에 입학하고 한 학기를 마친 뒤 여름방학이 되었고 다시 납부서가 날아왔다. 그래도 올해까지는 어떻게 부모님이 학비를 해결해주지 않을까 싶었는데 아니나 다를까, 생각보다 기대를 더 빨리 접어야 했다. 오랜만에 가족이 모여 식사를 하는 날이었다. 누군가의 생일이었다. 여름이라 초저녁이었지만 아직 대낮처럼 밝았다. “요즘은 다들 학자금대출 받는다더라.” 아빠가 덤덤하게 말했고, 엄마는 내 눈치를 봤다. 아빠는 뉴스에서도 학자금대출 이야기를 하도 많이 하기에 주변에 알아보니 요즘 대학생 중에 학자금대출을 안 받는 사람이 없다고 했다며 별거 아니라는 식으로 이야기했다. 당시에는 학자금대출을 국가에서 관리하지 않고 은행에서 직접 실행하던 시기였다. 1%대인 지금의 학자금대출과 달리 금리도 꽤 높은 편이었다. 나중에 돈이 생기면 갚아줄 테니 일단 대출을 받자고 했다. 내 이름으로 빚을 진다는 것을 상상해보지 못했기에 처음에는 당혹감이 몰려왔다. 대출을 받더라도 갓 성인이 된 내 이름이 아니라 아빠 이름으로 받겠지 하고 생각했던 터였다. 덜컥 겁이 났고 이어서 눈물이 났다. 학원비 20만 원을 엄마가 못 내는 것과 학비 300만 원을 내가 빚지는 것은 완전히 다른 문제였다. 시급이 3,770원이었던 시절, 스무 살에게 300만 원은 큰돈이었다. 머릿속으로 계산기가 돌아갔다. 8학기 동안 대학을 다니면 2,400만 원의 빚이 쌓이는 셈이었다. 앞으로 닥칠 내 인생이 까마득하게 느껴졌다.

며칠 뒤 아빠와 함께 집 앞에 있는 은행으로 향했다. 한국장학재단이 출범하기 이전이어서 국민은행으로 가 내 이름으로 대출을 받았다. 대학 등록금이 매년 가파르게 오르고 있다는 것이 사회적 이슈였고, 동시에 누구나 학자금대출을 쉽게 받을 수 있다는 뉴스가 여기저기서 들려왔다. 학부모가 보증을 서고 정부가 대출 이자를 50% 지원해주던 방식이 폐지되고, 학부모 보증 없이도 대출을 받을 수 있다는 것이 요지였다. 대출 창구는 일반 입출금 창구와 별도로 떨어져 있었다. 우리는 서로 말없이 앉아 기다렸다. 미국 대학생들은 전부 학자금대출을 받는다던데 이 정도쯤이야, 생각하면서도 한편으로 예술대학을 졸업하고 영화감독이 될 수 있을지도 모르는데 학자금 대출을 어떻게 갚아나가야 할지 내 미래가 막막했다. 난생처음 대출 창구에 앉아 등록금 고지서를 내밀었다. 서류에 열심히 서명을 했다. 학자금대출 받는 것이 무슨 큰 죄라도 짓는 일인 것처럼 도장을 찍는 손이 부들부들 떨렸다. 아직 저금을 제대로 해본 적도 없는데 몇 백만 원의 대출은 아빠 말대로 손쉽게 실행되었다. 금리는 7%대였다. 내가 한 번도 가져본 적 없는 큰돈이 내 통장을 거치지도 않고 학교로 바로 납부되었다.

그 뒤로 학자금대출을 받는 것은 자연스러운 일이 되었다. 매 학기마다 때가 되면 대출 신청을 했고, 아르바이트를 할 여유가 없는 학기에는 생활비 대출도 함께 실행했다. 다행히 대학 등록금 인하에 대한 사회적 이슈가 불거지고 있었고, 학자금대출을 국가에서 적극적으로 관리하면서 몇 년 뒤에는 금리가 2%대로 낮아졌다. 취업 후에 학자금대출을 상환해도 된다는 제도도 만들어졌고, 기존 은행 대출을 저금리인 학자금대출로 전환할 수도 있게 되었다. 자연스레 학자금대출을 관리하는 한국장학재단 홈페이지를 들락거리다가 국가장학금 카테고리를 들여다보게 되었다. 국가장학금은 종류가 꽤 다양했다. 학자금 자체를 지원해주기도 했지만 국가근로장학금이라고 해서 학교 기관 안에서 최저시급보다 높은 금액으로 일자리를 제공하고 생활비를 벌 수 있게 하는 정책도 있었다.

차츰 가난을 증명하는 일에도 익숙해졌다. 국가장학금을 받기 위해 월곡역에 있는 국민건강보험공단에 방문해 보험료 납부확인서와 가족관계증명서 등 공문서를 떼어 제출하는 일이 반복되었다. 한 학기 휴학을 하고 2학년 2학기에 학교를 복학한 이후로는 교내 장학금도 놓치지 않았다. 교내 장학금을 받으면 현금이 들어오는 것은 아니지만 등록금에서 차감되어 청구되니 마치 쿠폰 할인을 받는 것 같았다. 그러니 무조건 성적을 잘 받아야 했다. 국가에서 받을 수 있는 혜택이라면 무조건 받아야만 한 학기를 버틸 수 있다는 사실을 생활에서 자연스럽게 익혔다. 그래야 내 빚이 쌓여가는 속도를 늦출 수 있었기 때문이다. 애매하게 가난할 바에는 아예 확실히 가난한 게 낫다는 것도 그때 배웠다.

학기 중에도 다양한 아르바이트를 닥치는 대로 했다. 학원 온라인 강의 촬영, 공연 촬영, 영상 편집 같은 전공을 살린 외주 아르바이트부터 자소서 첨삭, 녹취록 풀기까지. 가성비가 가장 좋은 아르바이트는 과외였다. 친구들은 나를 '알바몬'이라고 불렀고 '생활력이 좋다'는 이야기를 자주 들었다. 아직 적금을 들지 못하고 안정적인 거주 환경에서 살지는 못하지만 학교를 다니며 부모님의 도움을 받지 않아도 괜찮은 정도로 스스로 생계를 유지할 수 있게 되었다. 어린 시절 꿈꿨던 모습 그대로 말이다. 하지만 상상했던 것처럼 독립적이고 멋진 성인의 모습이라기보다는 일찌감치 생활에 찌들어 늘 다음 달 생활비 걱정을 하고 불안에 떠는 것에 불과했다. 월세와 공과금을 꼬박꼬박 제때 납부할 수 있었지만 숨이 막혔다. 학교를 다니며 무언가 배우는 게 아니라 말 그대로 지금 당장 살기 위해 발버둥치는 것 그 이상도 이하도 아니라는 생각이 들었다. 점점 내가 납작해지는 것만 같았다.

독립을 꿈꾸며 일하는 알바몬

나 홀로 온전히 독립한 삶을 오랫동안 꿈꾸었다. 외국에서는 성인이 되면 집에서 나가 원가족의 도움 없이 알아서 산다는 이야기를 듣고는 막연히 나도 스무 살이 되면 그런 생활을 할 수 있으리라 생각했다. 적어도 아르바이트를 해서 용돈은 알아서 해결하고 싶었다. 내가 처음 아르바이트를 했던 것은 수능시험이 끝난 지 얼마 되지 않은 2007년 겨울이었다. 당시 최저시급은 3,480원, 스무 살이 된 2008년 최저시급은 3,770원이었지만 최저시급의 개념조차 모르던 나는 시급 2,800원을 받기로 하고 잠실에 있는 한 생과일 주스 가게에서 일을 했다. 학비는커녕 용돈을 겨우 벌면 다행이었다. 그래도 대학교 생활에 어느 정도 적응이 되면 아르바이트 시간을 늘려가며 생활비를 스스로 꾸려나가는 어른이 되고 싶었다. 대학의 첫 여름방학 동안 나는 한국외국어대학교 앞에 있는 한 도너츠 가게에서 아르바이트를 했다. 평일 내내 여섯 시간씩 일을 했는데 그렇게 한 달 동안 50만 원이 채 되지 않는 돈을 벌었다.

매일 학교와 독서실, 집을 오가던 고등학생 시기가 끝나자 집에 귀가하는 시간도 점점 늦어졌다. 학교 근처의 친구 자취방에 눌러앉아 집에 가지 않는 때도 있었다. 영화를 전공했기에 영화 촬영을 이유로 혹은 편집실에서 밤을 샌다는 이유로 집에 들어가지 않는 날이 늘어났다. 부모님과 물리적으로 거리를 두면 심리적으로도 자유로워지는 것 같았다. 엄마와 아빠는 공과금 내는 것을 서로에게 떠넘겼다. 그러다가 가스가 끊기면 보일러를 켤 수 없으니 가스버너로 물을 데워 샤워를 했다. 월세를 밀리는 달이면 엄마가 딸에게 이야기하지 말아달라고 해도 집주인 아주머니는 나에게 슬쩍 언질을 주었다. 신문 구독료부터 통신비, 건강보험료까지 돈을 내야 하는 곳에서는 한 달만 늦어도 모조리 독촉을 해댔다.

엄마와 아빠 사이가 멀어지면서 자연스레 두 사람은 각방을 썼다. 문제는 우리 집에 방이 두 개밖에 없다는 것이었다. 집에서는 도무지 혼자 있을 공간이 없었다. 그렇다고 거실이라고 할 만한 공간도 없었기에 각자 혼자 있기 위해서는 한 사람이 주방 식탁에 앉아 있어야 했다. 집에서 과제를 하려면 그 식탁밖에 자리가 없었다. 주방 겸 거실인지라 그곳은 방이라기보다는 통로에 가까웠다. 엄마는 퇴근 후에 늘 주방 식탁에 앉아 무언가를 하고 있었고 아빠가 시시때때로 방을 들락거렸다. 학창시절 내가 가족과 분리되어 있을 수 있는 곳은 독서실이나 도서관뿐이었다. 성인이 된 이후로 도피한 곳은 결국 카페였다. 그렇게 자정이 다 되어서야 집에 들어갔다. 그 시각쯤 되면 아빠는 자고 있어서 마주칠 일이 없었다. 나를 기다리다가 잠에서 깬 엄마와 잠시 인사를 하고 나면 그나마 집이 숨 막히게 느껴지지는 않았다.

오후 수업이 있는 날 느지막이 일어나면 두 사람은 이미 외출을 하고 없었다. 엄마가 반찬마다 꼼꼼히 랩을 씌워놓은 아침식사가 식탁에 차려져 있었다. 오후 수업 시간 전에 밥을 챙겨먹으려 할 때쯤에 맞추어 현관 벨이 자주 울렸다. 문을 두드리는 소리가 이어졌다. 주로 살림을 압류하겠다는 등기이거나, 빚에 대한 최후통첩 같은 소식이었다. 가스업체, 한전, 통신사, 건강보험공단부터 국세청, 카드사, 신용정보회사까지 발신처는 다양했다. 안방에는 무수히 많은 편지봉투가 쌓여 있었다. 오래되어 겉면이 변색된 것들도 있었다. 몇 년 전에 날아온 우편물까지 말이다.

어느 날부터 나는 부모님 몰래 편지봉투를 열어보기 시작했다. 빚의 규모는 생각보다 크지 않았다. 건강보험 30만 원, 가스요금 100만 원, 어쩌고저쩌고 신용정보회사 300만 원. 1,000만 원을 넘어가는 금액은 없었지만 자잘한 숫자들이 모여 숨통을 조이는 것 같았다. 현관 밖에 기척이 느껴져 조용히 기다리다가 문을 열고 나가보면 포스트잇 한 장이 붙어 있었다. 신문대금 6개월 치

9만 원을 제발 납부해달라는 내용이었다. 작은 독촉들이 매일 이어졌다. 아빠에게 전화를 걸어 무슨 일이 있는지 물어보면 공부에나 신경 쓰라는 짧은 답변 후 통화가 끊겼다. 엄마에게 이어서 전화를 걸면 무책임한 아빠에 대한 원망만 돌아왔다. 생활비가 조금 여유 있는 달에는 내가 그 돈을 몰래 납부할 때도 있었다. 두 사람 몫의 공과금을 내가 모두 책임질 수는 없었다. 그렇다고 내 몫의 공과금을 보탠다고 해서 해결될 일도 아니었다. 티끌 모아 태산이라고 작은 빚들이 모여 또다시 집에 빨간 딱지가 붙는 날이 올까 봐 누군가 문을 두드릴 때마다 두려움이 밀려왔다.

대학교 1학년 때까지는 엄마가 용돈을 주는 달이 꽤 있었다. 그러다가 2009년 금융위기가 찾아온 이후로 집에 가스가 끊기는 날이 잦아졌다. 당연히 용돈도 줄었다. 처음에 용돈벌이로 시작된 아르바이트는 해가 갈수록 점점 익숙해졌고 알아서 생활하는 달도 늘어났다. 일종의 독립심이나 자립심을 가지고 돈을 벌겠다는 결심과는 달리 정말 생활하기 위해 어떻게든 돈을 벌어야 하는 날들이 찾아왔다. 엄마가 송금해주는 금액이 점점 줄었다. 엄마는 요즘 업계 영업이 시원치 않아서 주변 동료들도 계약을 잘 못 한다며 미안해했다. 경제가 안 좋아 월급이 밀리는 달도 있다고 했다. 한창 뉴스에서 글로벌 금융위기니 하며 '서브프라임 모기지'라는 단어가 쏟아지고 있었다. 사람들의 투자 심리가 엄마의 일에 영향을 미치고 있었다. 엄마는 최신 경제의 흐름을 따라가기 위해 열심히 신문을 보며 식탁에 앉아 기사 스크랩북을 만들었다. 나는 미국에서 벌어지는 부동산 문제가 엄마 월급과 무슨 관련이 있는 것인지 이해할 수가 없었다.

학교에 다니면서 생활비를 버는 것은 고된 일이었다. 오전과 오후에 수업을 듣고 나면 바로 아르바이트를 했다. 예술대학 특성상 실습 과제가 많아 수업 외에도 촬영이며 편집이며 시간을 들여야 했기 때문에 아르바이트가 끝나면 다시 학교로 돌아가 편집실에서 밤을 새기 일쑤였다. 처음에는 주로 카페, 레스토랑에서 시급을 받는 아르바이트를 했다. 그중에서도 가장 마음에 남는 일은 아웃바운드 텔레마케팅이었다. 엄마가 비슷한 일을 하고 있다는 것을 알고 있었기 때문이다. 스스로 사교성이 좋다고 생각했고 앉아서 전화를 걸면 되니 그럭저럭 할 수 있지 않을까 생각했다. 그렇게 출근한 곳은 강동구의 한 빌딩에 위치한 허름한 사무실이었다. 그곳에서 하는 일은 휴대폰 기종을 무료로 바꿔줄 테니 통신사를 변경하라고 무작위 광고 전화를 거는 거였다. 전화 멘트는 종이에 다 쓰여 있었다. 전화번호가 빼곡하게 적혀 있는 종이 몇 장이 내 책상으로 넘겨졌다. 책상 위에는 전화기 한 대와 볼펜 한 자루가 놓여 있었다. 차례로 전화를 걸고 멘트를 또박또박 말하라고 했다. 내 말을 좀 듣다가 몇 마디 대꾸를 해주는 사람은 친절한 편이었다. 대부분 한 문장이 끝나기가 무섭게 전화를 바로 끊어버렸고 욕을 하는 사람도 있었다. 모르는 사람에게 전화를 한다는 행위 자체가 낯설고 어려웠지만 상대방이 어떤 반응을 할지 예상할 수 없으니 매 순간이 긴장이 되었다. 일하는 사람들은 대부분 20대 여성들이었다. 운 좋게 기종을 바꾸겠다고 응하는 사람이 있으면 몇 가지 인적사항을 불러달라고 한 다음 팀장이라는 아저씨에게 메모를 가져다주었다. 하루 종일 전화를 돌려도 계약을 한 건 성사시키는 것조차 어려웠다.

시급 아르바이트를 하면서 학교생활을 병행하는 건 체력적으로 불가능했기에 아예 영화 제작비를 마련할 겸 휴학을 하고 본격적으로 일하며 돈을 모으기로 했다. 연출 전공을 하려면 단편영화 제작비를 학생 개인이 알아서 부담해야 했다. 강남에 있는 24시 카페에서 정직원으로 일을 시작했다. 여덟 시간씩 3교대로 일했는데 스케줄이 매주 바뀌었다. 나처럼 휴학하고 일하는 사람, 바리스타가 되기 위해 지방에서 올라온 사람, 카페 창업을 준비하며 일하는 사람까지 학교에서는 만날 수 없었던 다양한 사람들을 만났다. 처음에는 그렇게 사람을 만나는 것이 즐거워 출근했다. 점심 시간에는 한 시간 동안 수백 잔의 커피가 팔리니 각자 담당을 나누어 누구는 계산만 맡고, 누구는 커피만, 누구는 설거지만 하며 바쁘게 움직이는 것도 재밌었다. 야간 근무일 때는 한가로운 새벽 시간에 무료로 제공되는 직원용 커피 한 잔을 마시는 것도 좋았다.

장사가 잘될수록 매장은 일손이 부족해졌다. 하지만 사

장님은 새 직원을 뽑지 않았다. 새벽 근무를 마치고 아침 일곱 시에 퇴근한 다음 다시 오후 근무로 배정되어 쪽잠을 자고 오후 한 시에 출근하는 때도 생겼다. 식사 시간도 따로 없어 근무 시간 동안은 끼니를 먹을 수 없었고 잠시라도 바닥에 앉아 있으면 CCTV로 매장을 보던 사장님에게 전화가 왔다. 몇 개월이 지나자 건강이 나빠져 몸이 퉁퉁 붓기 시작했다. 더 이상 3교대로 일하는 것을 몸이 견딜 수 없어졌다. 몇 년이 지나 부모님의 구술생애사 인터뷰를 하면서 아빠가 울산화학공장에서 일할 때 3교대로 일을 하다가 불면증이 생겨 여태 고생하고 있다는 것이 바로 공감됐다. 3교대로 일하는 것이 너무 싫어서 서울로 올라와 사업을 하자는 큰이모의 제안에 바로 회사를 그만두고 공장 생활을 청산한 것도 이해가 됐다. 고작 몇 개월 일한 것만으로도 건강이 급속도로 나빠졌는데 몇 년 동안 이런 생활 리듬으로 일한다면 몸이 망가질 수밖에 없었다.

몇 주 동안 근무표를 조정한 끝에 3일간의 쉬는 날을 겨우 만들어 부산국제영화제에 놀러 갔다가 신종플루에 감염되었다. 열이 잔뜩 오른 몸을 이끌고 경찰병원 선별진료소에 갔다. 의사는 별다른 처방 없이 집에서 며칠 동안 가족들과 접촉하지 말고 쉬라고 했다. 증세가 사라지고 출근하려 했더니 사장이 완치증명서를 가져오지 않으면 출근을 할 수 없다고 했다. 병원 몇 군데를 갔지만 완치증명서 같은 서류는 없다고 했다. 사장님께 몇 번 더 전화를 했더니 그냥 출근을 하지 않아도 된다고 했다. 처음으로

정을 붙이고 일했던 곳이기에 동료들을 다시 볼 수 없다는 아쉬움과, 아팠던 것뿐인데 해고당했다는 서러움이 밀려왔다.

일을 그만두고 몇 주의 공백기 동안 전공을 살리는 일을 찾자 싶어 고민하던 차에 선배에게서 전화가 왔다. 지금 방송국 편집실에서 일하고 있는데 자기가 그만두게 되어 후임을 찾는다는 거였다. 월급은 120만 원 정도이고 계약직이지만 월차도 있다고 했다. 전화를 끊고 몇 분 뒤에 다시 전화를 걸었다. 내가 그 일을 하겠다고 했다. 그렇게 여의도 방송국으로 출근을 하게 되었다. 아침 아홉 시부터 저녁 여섯 시까지 근무시간 변동은 없었고 운 좋게 야근도 없는 부서였다. 내가 하는 일은 현대사에서 시대별로 중요한 키워드를 모아 영상자료를 미리 갈무리해 편집하는 거였다. 도서관에 책이 빽빽하게 꽂혀 있는 것처럼 방송국 자료실에는 영상 테이프가 바닥부터 천장까지 가득 차 있었다. 보안카드를 찍고 건물로 출입하니 마치 내가 방송국 정직원이 된 것 같았다. 점심 시간에 소화시킬 겸 여의도를 산책하는 것도 좋았고, 월급이 꼬박꼬박 들어오는 것도, 컨디션이 안 좋으면 휴가를 쓸 수 있는 것도 만족스러웠다. 그렇게 몇 개월간 안정적으로 일하며 적금을 모았다. 월급이 들어오니 은행에서 신용카드 개설을 권했다. 처음 신용카드도 만들어보았다. 비싼 컴퓨터도 이제 부모님 손을 빌리지 않아도 할부로 구매할 수가 있게 됐다. 진짜 어른이 된 것 같았다.

독립의 대가

성인이 되어 내가 가장 먼저 계획한 일은 집을 떠나는 거였다. 부모님과 최대한 멀리 떨어져 살고 싶었다. 가족의 문제를 눈앞에서 볼 일이 없으면 마음이 편안해질 것 같았다. 학교 주변 지역은 재개발 정비사업지정구역이었다. 오래된 주택이 많다보니 집값도 저렴한 편이었다. 학교 동기와 보증금 600만 원에 월세 35만 원짜리 투 룸을 찾았다. 2층 주택의 2층에 위치해 있고 주방과 화장실이 슬레이트로 된 집이었다. 여자 둘이 살기에는 치안이 썩 좋지 않은 동네였지만 바로 앞에 파출소가 있었다. 월세 17만 원가량을 내면 나도 내 방을 가질 수 있다는 생각에 무조건 이 계약에 가담하기로 했다. 어차피 내가 알아서 살면 되니까 부모님의 허락 따위는 필요하지 않다며 일을 먼저 저지른 뒤에 엄마에게 통보했다. 마치 젊은 시절의 엄마처럼 말이다. 이럴 때 보면 내 기질은 참 엄마를 닮아 있었다. 엄마는 황당함보다 섭섭함이 더 큰 것 같았고 아빠는 일단 화부터 냈다. 아빠는 내 설명을 들으려 하지도 않았다. 아빠가 역정내는 걸 보니 반드시 집을 나가야겠다고 생각했다.

집 계약을 마친 뒤에 내가 제일 먼저 한 일은 에메랄드색 페인트를 사서 방을 칠하는 거였다. 고심 끝에 고른 색이었다. 작은 방 한 칸이었지만 내 취향대로 구석구석 꾸미고 싶었다. 46평 아파트로 이사할 때 엄마가 자신이 갖고 있는 모든 취향의 정수를 반영해 인테리어 공사를 하고 가구를 바꿨던 것처럼 나도 내 방의 모든 곳에 내 손길이 닿은 나만의 공간을 꾸몄다. 가장 좋아하는 책들만 모아 내가 정한 규칙대로 꽂았고, 이불 커버도 새로 구입했다. 동기들을 불러 집들이를 했다. 재래시장 바로 옆에 붙어 있는 집이었기에 종종 매미만 한 바퀴벌레가 들어올 때가 있었지만 참을 만했다. 한여름이 되어서 슬레이트 지붕이 끓어올라도 가스가 끊겨 따뜻한 물로 샤워하지 못하는 것보다 낫다고 여겼다. 내가 선택한 집이었기 때문이다. 그렇게 부모님 집에 가는 횟수가 점점 줄어들었다. 엄마와 필요할 때만 연락했고 아빠와는 아예 연락을 하지 않았다. 가끔 엄마가 반찬을 가져다주러 오는 날도 있었지만 학교 생활이 바쁘다는 이유로 밥 한 끼 같이 먹지 않고 반찬통만 받아 편집실로 돌아갔다.

그렇게 몇 번의 이사를 거쳤다. 이사를 가는 이유는 때마다 달랐지만 살림이 많지 않아 짐을 옮기는 데 큰 어려움이 없었다. 그다음 집은 보증금 300만 원에 월세 20만 원짜리 옥탑방이었다. 이번에는 하늘색 페인트로 방을 칠했다. 지난번보다 방 크기가 작았지만 온전히 혼자 살게 되었다는 것이 기뻤다. 화장실 변기에 앉아 창문을 열면 하늘이 보였다. 이전 집과 마찬가지로 주방과 화장실은 슬레이트로 지어진 집이었다. 문을 열고 나가면 바로 옥상이었다. 의자를 내다놓고 가끔 멍하니 앉아 바깥 구경을 했다. 우리 집만 빼고 방역을 하는 바람에 건물에 서식하고 있던 다양한 종류의 바퀴벌레들이 내 옥탑방으로 피신하는 대참사가 일어날 때까지는 그 집도 만족스러웠다. 우편함에 고지서가 꽂혀 있으면 꼬박꼬박 들고 올라가 공과금을 납부했다. 내 집에 가스가 끊기는 일은 일어나게 하지 않으리라 다짐했다.

조금씩 돈을 보태어 이사한 다음 집은 처음으로 풀옵션으로 된 원룸이었다. 여전히 옥탑방이었지만 리모델링을 마쳐 새 집 같았고 드럼세탁기가 옵션으로 붙어 있었다. 보증금 500만 원에 월세 40만 원짜리 집이었는데 심지어 에어컨도 달려 있었다. 태풍 곤파스가 상륙하던 새벽, 번개가 칠 때마다 창밖 세상이 온통 하얗게 변했다. 강풍으로 빗줄기는 가로로 쏟아져 내렸다. 현관문이 덜컹거리며 비바람이 몰아치는 소리가 울려퍼졌다. 영화 〈오즈의 마법사〉가 생각났다. 회오리바람에 집이 날아가 이상한 마녀가 사는 오즈의 세계로 모험을 떠나게 된 도로시가 된 것 같아 덜컹거리는 창문을 한참 구경했다. 겨울에는 눈이 얼어붙은 옥탑 계단을 내려가다가 난간 밖으로 떨어질 뻔했지만 그것 역시 내 인생의 '시트콤적 순간'이라 여겼다. 집주인 아저씨가 이 이야기를 듣고는 바로 노출 계단 위에 지붕 공사를 해준 것이 참 고마울 따름이었다.

리모델링한 옥탑방은 안정적이고 마음에 드는 집이었지만 이번에는 영화가 문제였다. 당시 내가 연출하던 영화에 욕심을 과하게 부리다가 실제작비가 예산을 훌쩍 뛰어넘어버린 것이었다. 나는 방송국에서 일할 때 만든 신용카드로 일단 필요한 비용을 지불했다. 어떻게든 촬영은 마무리해야 한다는 절박함에 사로잡혀 있었다. 그렇게 촬영을 마치고 다음 달 돌아올 카드 값을 걱정하다가 보증금을 쓰기로 했다. 월세 지출도 줄여야 했다. 보증금 500을 300으로 줄여 더 작은 집으로 이사하고 룸메이트를 구했다. 보증금 차액을 현금으로 받아 카드 값으로 냈다. 다시 집에서 에어컨이 사라졌다. 그해 여름은 유난히 숨이 막혔다. 닥치는 대로 일을 했다. 학교 도서관에서 근로장학생 일을 하며 입시 과외를 두 탕, 세 탕씩 뛰었다. 자정 무렵 학교로 돌아가 편집을 하고, 해가 뜨면 집에 잠을 자러 돌아갔다. 영화를 찍기 위해 학교를 다니는 건지, 영화로 망가져버린 일상을 견디고 있는 건지 알 수 없는 지경이 되었다.

비슷한 패턴으로 몇 번 더 이사를 거쳤다. 학교 기숙사에 들어가기도 하고, 여러 명이 함께 사는 셰어하우스에 방 하나를 얻어 들어가기도 했다. 어떤 시기에는 트렁크에 옷가지를 집어넣고

학교 여자 샤워실에 기거하며 편집실을 오가는 생활을 했다. 여자 샤워실은 자신의 철제 캐비닛을 제 방처럼 이용하는 학생들의 거처였다. 캐비닛을 열면 수건, 세면도구, 속옷이 나왔다. 정확히는 샤워실 파우더룸이 잠자리였다. 세면대가 놓여 있는 공간 말이다. 두세 평짜리 공간에 서너 명이 나란히 누워 잘 수가 있었다. 동이 터올 무렵이 되면 과제를 하던 학생들이 좀비처럼 샤워실로 들어와 몸을 뉘어 틈새를 모두 메웠다. 일어나면 바로 옆에 있는 샤워실에서 머리를 감고 수업을 나갔다. 수업이 끝나면 다시 아르바이트를 가고, 아르바이트가 끝나면 편집실로 향했다. 어떤 날은 몸살이 났는지 열 시간 넘게 잠을 자버렸는데 보다 못한 청소노동자 아주머니가 제대로 된 곳에서 잠을 자라며 나를 깨웠다. 휘청거리며 일어나보니 수업에 이미 한참 늦은 상황이었다. 네 평짜리 자유를 얻자고 시작한 생활이었는데 정신을 차리고 보니 나는 트렁크를 끌고 지박령처럼 학교를 떠돌아다니고 있었다.

자취 생활은 이어졌지만 철새처럼 방과 방을 옮겨 다녔다. 새들이 날씨를 따라다닌다면 나는 통장 잔고의 숫자를 따라다니며 둥지를 틀었다. 보증금 금액이 커지면 월세가 줄어드니 저축을 하는 게 장기적으로는 큰 이득이었지만, 저축은커녕 매달 나가는 월세를 벌기 위해 아등바등 일했다. 어느새 학생은 부업이고 아르바이트가 주업인 삶을 살고 있다는 생각이 들었다. 내가 알아서 생활비를 벌고 있다는 사실을 부모님이 인지한 뒤로는 소액이지만 급전을 빌려줄 수 있는지 물어보는 전화가 때때로 걸려왔다. 원가족에게 돌아간다면 'K-장녀'로서 이 모든 사건 속으로 휘말려 들어갈 것이 뻔했다. 최대한 부모님과 거리를 두는 것, 그것이 내 1순위 원칙이었다.

생활고에 대한 푸념에 그냥 부모님 집으로 들어가는 게 낫지 않은지 물어보는 친구들이 있었지만 나의 대답은 늘 단호했다. 절대로 집으로 돌아가지 않겠다는 거였다. 혼자 지내면 경매 딱지가 붙거나, 가스가 끊기거나, 빚 독촉장을 보지 않아도 되었기 때문이다. 엄마가 미련을 갖고 버리지 못한 대형 식탁이나 소파가 없는 집에서 내 취향으로 하나씩 선별한 소품들로 공간을 가득 채웠다. 건물에 들어갈 때 혹시 초등학교 동창이 나와 마주치지 않을지 두리번거리지 않아도 되었고, 남들이 집에 놀러 오는 것이 부끄럽지 않았다. 친구들을 초대해 함께 밥을 지어먹고 때로는 커피를 마시며 수다를 떨었다. 책상 대신 식탁에서 과제를 했던 때와 달리 내 책상에 앉아 조용히 일기를 쓸 수도 있었다. 가족사에 얽매이지 않고 나 홀로 온전히 존재할 수 있는 공간에 일상을 꾸려 나갈 수 있다는 것이 좋았다.

엄마와는 자주 전화 통화를 하며 안부를 묻고 시내에서 외식을 하기도 했다. 하지만 아빠와는 전화는커녕 거의 만날 일이 없었다. 내 양육을 책임진 엄마와는 애틋했지만, 양육을 모르쇠로 일관하던 아빠가 미웠다. 홀로 서기에 익숙해진 후로 아빠는 내 삶에 없어도 상관없었다. 아빠와는 명절에 한 번씩 밥을 먹는 서먹한 사이가 되었다. 식사가 끝나면 말없이 앉아 있다가 나는 엄마에게 영화를 보러 가자고 했다. 아빠는 단 한 번도 내가 사는 집에 먼저 놀러 오지 않았고, 나 역시 먼저 아빠를 단 한 번도 초대한 적 없었다. 해가 지날수록 우리는 남이 되어가고 있었다.

계약 = 우리가족의 행복

엄마는 2003년부터 시작한 텔레마케터 일을 2021년까지 꿋꿋하게 이어가고 있었다. 내가 고등학교를 진학하고, 수능을 치르고, 대학에 입학하고, 두 번 휴학을 하고 졸업할 때까지 엄마는 매일 전화를 붙들고 고객들에게 영업을 했다. '하면 된다, 저스트 두 잇(Just Do It)'이 엄마의 좌우명이었다. 일단 부딪히며 어떻게든 되게 한다는 생각으로, 한겨울 추위에도 불구하고 고객의 가게 밖에서 서너 시간씩 기다리다가 말을 붙였다. 엄마의 정성에 질려버린 사장님은 결국 계약을 치렀다. 주말이면 지역에 사는 고객을 만나러 출장을 다녀왔다. 게다가 특유의 친화력은 수완으로 이어졌다. 길에서 만난 '아줌마'도 5분만 지나면 '언니'가 되었다. 2013년 빙판길에 미끄러져 팔 수술을 했을 때는 일을 두 달 동안 쉬어야 했지만, 6인실 병실에 함께 있던 다섯 명의 환자를 모두 엄마의 고객으로 만들 정도였다.

어느 날 오랜만에 집에 가니 방에 '계약 = 우리가족의 행복'이라는 글씨가 큼지막하게 쓰여 있는 것을 발견했다. '계약'은 커다란 붉은색 글씨로 인쇄되어 있었다. 동료가 운을 가져다준다며 부적처럼 준 것이라 했다. 그 아래는 '= 우리가족의 행복'이라는 손 글씨가 삐뚤빼뚤 추가되어 있었다. 회사 생활이 어떤지 물으면 요즘 팔고 있는 땅의 개발 정보를 줄줄이 읊어대는 엄마가 답답했지만, 내 삶의 궤적을 돌아보면 나도 할 말이 없었다. 단편영화를 찍을 때 쓰라고 쥐여준 제작비도, 유럽 배낭여행을 떠날 때 비행기삯에 보태라고 쥐여준 종잣돈도, 모두 엄마가 땅을 계약해서 만든 돈이었다. 그렇게 계약은 곧 나의 행복이자 엄마의 행복, 우리 가족의 행복이라는 것을 부정하기 어려웠다.

엄마가 팔았던 땅들은 투자자들이 듣기에는 귀가 솔깃할 만한 개발지들이었다. 유튜브에 올라오는 부동산 투자 정보 관련 콘텐츠를 몇 분만 재생해보아도 엄마가 평소에 하던 이야기와 크게 다르지 않다는 것을 금세 알 수 있었다. 15년 전쯤 팔았던 경기도 이천시의 땅은 지금도 전망이 괜찮은 땅이라는 평이 심심치 않게 올라오고 있다. 5년 전부터 집중적으로 판매하고 있는 평택은 2021년 부동산 최대 투자처였다. 도시개발계획의 큰 그림을 보고 투자처를 물색해야 한다는 부동산 투자 강좌는 엄마 입에서 나오는 이야기와 별반 다르지 않았다. '트리플 역세권' '3기 신도시'

'GTX 호재' 같은 단어들이 눈에 띄었다. '그래도 그렇지, 요새 누가 땅을 사? 투자할 데가 천지인데.' 나는 엄마가 이제 일을 그만두었으면 했다.

인터넷에 정보가 많아질수록, 오피스텔, 호텔, 상가 투자가 유행할수록, 아파트 가격이 오를수록 엄마가 계약을 성사시킬 수 있는 확률도 점점 낮아졌다. 엄마는 불안정한 건물보다는 배신하지 않는 땅에 투자하는 게 훨씬 낫다면서도 동시에 이제는 업계 운이 다한 것 같다고 했다. 주변 동료들도 부동산업계를 하나둘 빠져나가고 있다는 것이었다. 몇 개월 동안 월급을 지급하지 못하는 회사들이 늘어났다. 정보를 다루는 일을 하지만 정작 인터넷은 잘 모르는 고령의 여성들이 구할 수 있는 일자리는 많지가 않았다. 서로 건너건너 취업 정보를 공유했다. "요즘 거기 물건이 괜찮대. 회사 분위기도 좋고." 용기 있는 누군가가 부동산업계를 떠나 새로운 블루오션을 개척했다는 소식이 들려왔다. 기능성 식품을 판매하는데 전자상거래로 거래를 하기 때문에 수입이 꽤 짭짤하다는 거였다. 그렇게 그녀들이 도착한 곳은 십중팔구 '네트워크 마케팅'이라 불리는 다단계 회사이거나 금융 피라미드 회사였다.

2021년 강남 테헤란로에서 코로나19 소규모 집단감염 기사가 속출했다. 엄마네 회사에도 집단감염이 속출했다. 누구네 회사에 오늘 확진자가 나왔다더라, 그런데 거기서 일하던 사람 오늘 우리 회사에 오지 않았어? 이 회사에서 저 회사로 쉽게 이동하는 부동산 텔레마케팅 회사 생리 탓에 감염이 가속화되는 모양새였다. 엄마는 밀접접촉자로 분류되어 2주 동안 자가격리를 했다. 회사들도 속수무책 문을 닫았다. 엄마는 18년 만에 침대에 누워 낮시간을 보내게 되었다. 마침 쉬는 동안 엄마는 특수고용 프리랜서 긴급 고용안정금 문자를 받고 신청을 해보려 했는데 근로자성이 인정되지 않는다고 했다. “우리 팀장은 이번에 돈 받았다던데….” 텔레마케터들은 계약서를 쓰고 고용된 형태가 아니라 프리랜서들인 탓에 회사 사정으로 수입이 없다는 것을 증명하기가 까다로웠다. 엄마는 나에게 고용안정금을 받을 수 있게 도와달라고 했다.

그사이 한국토지주택공사(LH) 직원의 3기 신도시 투기 의혹이 불거졌다. 땅은 한물갔다더니만 너도나도 땅을 안 산 사람이 없었다. 퇴직금으로 오피스텔이나 호텔 투자를 알아보던 사람들부터 푼돈으로 주식이며 코인을 들여다보던 개미 투자자들까지 이 뉴스에 왠지 모를 배신감을 느꼈다. 아무리 날고 기어도 결국 돈을 뻥튀기하는 수단으로 땅만 한 게 없었다. “조물주 위에 건물주, 그 위에 LH직원”이라는 말까지 생겼다. 건물은 늘어날 수 없지만 신도시는 앞으로도 계속 지어질 거라는 논리였다. 엄마 말이 들어맞았다는 것을 나도 인정할 수밖에 없었다. “역시 땅이지!” 엄마는 고개를 끄덕였다. 근데 자가격리 끝나면 이제 어디로 출근을 해야 하나, 엄마는 솟아날 구멍이 없는 것 같다며 한숨을 푹 쉬었다.

맥도날드의 회장님들

2013년, 나는 종로 젊음의거리에 있는 3층 카페에 앉아 지나가는 사람들을 구경하고 있었다. 전화를 하며 걸어가고 있는 한 남자가 눈에 들어왔다. 살짝 절뚝거리며 걷는 모습이 익숙하게 느껴졌다. 아빠였다. 잠시 멈춰 서서 통화를 하는가 싶더니 이내 인파 사이로 사라졌다. 나는 잠시 눈을 의심했다. 평일 대낮에 아빠가 왜 종로에 있는지 이해되지 않았다. 당시 나는 아빠가 무슨 일을 하고 지내는지 전혀 몰랐다. 혹시 잘못 본 것일 수도 있으니 확인을 해야겠다 싶어 휴대폰의 연락처 목록을 열었다. 통화 버튼을 누르고 휴대폰을 귀에 가져다 대었다. "지금 거신 번호는 없는 번호이니 다시 확인하시고 걸어주십시오." 없는 번호였다. 종로에서 아빠를 본 것도 당황스러운데 전화번호도 없는 번호란다. 나는 엄마에게 바로 전화해 아빠의 바뀐 번호를 물어보았다. 한창 영업으로 바쁘던 엄마는 퇴근 후에 다시 연락을 하겠다며 전화를 끊었다.

종로 일대는 내 '나와바리'였다. 낙원상가 서울아트시네마와 필름포럼, 시네코아 스폰지하우스, 중앙시네마 스폰지하우스와 인디스페이스, 광화문 씨네큐브 등 독립예술영화관이 모여 있었기 때문이다. 한번 아빠를 목격하고 나니 종로에 갈 때마다 지나다니는 사람들이 신경 쓰였다. 맥도날드에 앉아 있는 익숙한 뒷통수가 아빠일 수도 있다는 생각이 들었다. 얼마 지나지 않아 나는 종로에서 아빠를 한 번 더 발견했다. 종각역 지하상가 통로에서였다. 나는 아빠에게 인사를 하기 위해 뛰어갔지만 아빠는 개찰구를 통과해 플랫폼 계단으로 내려가버렸다. 생각해보니 고등학교 1학년 때, 종로3가역 낙원상가 방향 출구 에스컬레이터에서 아빠와 마주친 적이 있다는 것도 기억났다. 나는 친구와 함께 개찰구로 올라가고 있었는데, 아빠는 지하철 플랫폼 방향으로 내려가며 서로 스쳐 지나간 적이 있었다.

문득 패스트푸드 가게와 카페 입구마다 크게 붙어 있는 '부동산 브로커 출입 금지'라는 경고 문구가 눈에 띄었다. 언젠가부터 종로 일대에서는 삼삼오오 모여 있는 50~70대 남성들을 어렵지 않게 발견할 수 있었다. 탑골공원이나 종묘 인근에서 어르신들이 소일거리를 하며 시간을 보내시는 거라 생각해 특별히 신경을 쓴 적이 없었다. 하지만 이들의 존재에서는 묘하게 다른 기운이 느껴졌다. 카페 옆 테이블에 앉아 얼핏 들리는 소리에 귀를 기울이면 '회장님' '사장님'으로 서로를 소개하며 사업 이야기를 나누었다. 커피 한 잔씩 테이블 위에 놓고 둘러앉은 이들은 지도와 두꺼운 서류를 보며 갑론을박을 이어가고 있었다. 혹시 아빠도 이 어르신들 중의 한 명일까? 엄마가 전화기를 붙들고 강남 테헤란로의 이 회사 저 회사 옮겨다니는 동안 아빠도 전화기를 붙들고 종로 일대를 오가고 있었던 것은 아닐까? 나는 이들의 정체를 알기 위해 관련 기사가 있는지 찾아보기 시작했다.

소위 '부동산 브로커'라 불리는 이들은 대부분은 IMF 외환위기 이후 갈 곳을 잃은 중소기업 출신의 전직 '회장님'과 '사장님'들이었다. 2000년대 초반 종로 일대의 다방이 사라지고 그 자리에 패스트푸드점과 카페가 들어서자 기존의 다방 고객들도 자리를 함께 옮긴 것이었다. 부동산 매물을 중개하거나, 개발 정보를 주고받으며 새로운 사업을 계획하는 것이 이들의 주요 업무인 것 같았다. 입에서 튀어나오는 돈의 액수는 1억은 기본이고 10억, 100억까지 '억 소리 나오게' 어마어마했다. 물론 그 돈이 정말 존재하는 것인지, 실제로 돈을 번 사람이 있는 건지 알 수 없다. 서로 다급하게 다음 주까지 해결하면 그 돈이 들어온다며 통화를 하거나 조금만 기다리면 큰돈이 들어온다고 했다. 어디서 많이 들어본 이야기였다.

오랜만에 간 부모님 집 화장대 위에서 나는 '공룡테마파크 조성사업 프레젠테이션' 제본 자료를 발견했다. 포토샵으로 만든 조악한 공룡 디오라마 이미지와 테마파크 조성 계획이 상세하게 나열되어 있었다. 아무래도 '조금만 기다리면 들어온다는 큰돈'이 들어오지 않았으니, 이 사업도 제대로 진행되지는 않은 듯했다. 이제야 나는 매일 아침 일찌감치 일어나 지하철을 타러 나가는 아빠의 행선지가 어디인지, 하루종일 어디서 무엇을 하고 다니는 것인지 알 수 있었다. 아빠는 '부동산 브로커'라 불리는 '마사장'이었던 것이다. 아빠는 단 한 번도 부동산과 건축사업을 포기한 적이 없었다. 다만 그게 돈을 벌 수 있는 일이 아니었을 뿐이었다.

강남 테헤란로에 얼마나 많은 중년 여성들이 전화를 돌리고 있는지 추산할 수 없는 것처럼, 종로 곳곳을 돌아다니고 있는 '사장님'과 '회장님'이 몇 명인지 정확히 알 수 있는 방법은 없었다. 펀드에서부터 테마파크 조성사업, 힐링펜션 개발사업, 그리고 양도성정기예금증서(CD)까지, 종로에서 유행하고 있는 사업의 주요한 레퍼토리가 있었다. 아빠는 어느 날엔 강남 빌딩 매물을 보고 왔다고 했다. 그리고 어느 날엔 벤츠 대리점에 가서 딸에게 사줄 새 차를 본다고 견적서를 받아왔다며 조금만 기다리면 외제차를 사주겠다고 했다. 아빠처럼 종로를 떠돌고 있는 이들의 목표는 대부분 비슷한 것 같았다. IMF 외환위기가 오기 전처럼 다시 중산층이 되는 것이었다.

시간이 흐르면서 나는 아빠가 종로를 왔다 갔다 하는 일상이 나쁘지 않다고 생각하게 되었다. 어느 누군가는 퇴직금으로 노년을 보내며 등산을 가거나 골프를 칠 수도 있겠지만, 한국 사회에서 그럴 수 있는 사람이 몇 명이나 될까. 어떤 할아버지가 탑골 공원에서 바둑이나 장기를 두며 시간을 보내는 것처럼, 아빠는 동료(처럼 여기는 사람)들과 새로운 사업을 구상하며 카페에 앉아 시간을 보내고 있을 뿐이었다. 종일 죽치고 앉아 있는 할아버지들을 보는 카페 사장님들 속은 타겠지만, 이 사람들이 갈 곳이 또 어디 있겠나 싶었다. 그래서 자리를 차지하고 있지 말라고 단속을 나간다는 경찰들이 야속하게 느껴지는 것이다. 이제 시간은 IMF 외환위기가 오기 전으로 되돌릴 수 없고, 사회구조는 이미 달라질 대로 달라졌다. 나는 다만 일흔이 넘은 엄마와 아빠가 더 이상 무언가 만회하겠다며 애쓰지 않아도 괜찮다고 말하고 싶어졌다.

7장

요지부동산搖之不動産 가족의 이야기는 계속된다

서울특별시 강동구 강일동 공공임대주택(15평)

또다시 땅이 주는 희망고문

엄마는 가정 경제에 무책임한 아빠를 원망하며 가족의 생계를 책임져왔다. 하지만 엄마는 내심 한편으론 아빠가 주장해온 것처럼 '다음 주에 큰돈이 들어온다'는 말이 실제로 일어날 수도 있지 않을까 기대했다. 나 역시 학자금대출 총액이 1,000만 원을 넘기기 전에는 어쩌면 그런 일이 일어날지도 모른다고 생각했다. 또는 엄마가 큰 계약 건수를 잡아 전셋집으로 이사 갈 목돈이 생길 수도 있지 않을까 하는 희망을 가지기도 했다. 당장 월세를 밀리고 공과금을 밀리며 살고 있지만, 있는 그대로의 상황을 인정하고 받아들인다는 것은 엄마에게나 아빠에게나 나에게나 쉽지 않았다. 그런데 더 이상 과거에 얽매이지 않고, 미래를 막연히 낙관하지 않으며, 오롯이 현실을 직시해야 하는 사건이 일어났다.

어느 날 부모님 집 싱크대와 변기가 고장 나는 바람에 엄마는 집주인을 만났다. 집주인은 건물을 원룸으로 재건축할 계획이 있는데 우리 가족이 이 집에 너무 오래 살고 있어서 말을 못 하고 있었다고 말했다. 사정이 안 좋은 것을 알고 있어 봐주었는데 다음 계약은 하기가 어려울 것 같다고 언질을 준 것이었다. 나는 가끔 부모님이 깜빡 잊어버리고 있던 빚으로 인해 갑자기 우리 집이 경제적으로 더 큰 곤경에 처한다면 어떻게 할 것인지 상상하곤 했다. 정작 뜬금없는 빚은 튀어나오지 않았지만 살고 있는 집이 문제였다. 같은 집에서 월세나 보증금을 크게 올리지 않고 오랜 시간 계약을 연장해준 것만으로도 집주인에게 고마워해야 할 노릇이었다. 나는 부모님이 이 일을 계기 삼아 외면하고 있던 문제들을 타개할 대책을 하루빨리 마련하기를 바랐다.

아니나 다를까 두 사람은 모르쇠로 일관했다. 엄마는 집주인이 이사 나가라는 말을 직접 입 밖에 꺼내지 않았으니 그럴 리가 없다고 했다. 어쩌면 엄마의 말도 일리가 있었다. 하지만 두 사람이 이 집에서 평생 월세를 내며 살아야 한다면 언젠가 엄마가 더 이상 일을 못하게 되었을 때 내가 두 사람의 모든 생활비와 주거비를 감당해야 하는 것이 아닐까 하는 불안감이 밀려왔다. 모아놓은 노후자금은커녕 연금도 나오지 않는 두 사람을 내가 어떻게 돌보며 살아갈 수 있을지 막막했다. 게다가 나는 늦둥이로 태어났으니 그 시기가 점점 가까워지고 있었다. 이런 순간이 닥치면 내가 예술학교에 들어가 영화를 공부하고 별 계획 없이 졸업을 앞두고 있다는 사실에 스스로 부끄러워졌다. 현실을 외면하고 있는 사람은 내가 아닐까? 미래를 생각해 안정적인 직장에 들어갔어야 했을까? 하지만 동시에 내 욕망을 좇아 나의 길을 가는 게 뭐가 나빠! 하는 생각도 들었다.

나의 졸업과 집주인의 폭탄발언으로 앞으로 닥쳐올 현실이 까마득했다. 도시개발의 흐름 속에서 부동산이라는 황금알 덕을 톡톡히 보아왔던 부모님의 생각이나 태도가 쉽게 변할 리 만무했다. 그 말인즉슨 엄마가 문짝에 붙여놓은 '계약=우리가족의 행복'이라는 글귀대로 엄마가 큰 계약을 따든지, 아니면 아빠가 부동산 관련 사업을 통해 '큰돈'을 '다음 주'에 벌어오든지 해야 문제가 해결된다는 것을 의미했다. 오랜 시간 경험을 통해 부모님의 뼛속 깊이 새겨진 부동산에 대한 믿음을 내가 지워낼 수도 없는 노릇이었다. 과연 나는 이 모든 상황을 모른 척하며 부모님과 연을 끊고 살아갈 수 있을까? 내가 해결할 수 없는 문제를 두고 정상가족의 틀을 지키기 위해 장녀로서 부담과 책임을 짊어지려 하는 것은 아닐까? 나 혼자 성실하게 삶을 꾸려나가면 어떻게든 내 몫의 삶은 헤쳐나갈 수 있을 줄 알았지만 현실은 내 생각보다 훨씬 더 복잡미묘하게 작동하고 있었다. 내 양육을 포기하지 않았던 엄마의 노고에 마음이 아팠고, 종로의 골목길을 힘없이 걸어가고 있는 아빠의 뒷모습이 눈앞을 어른거렸다.

일단 내 눈앞에 닥쳐 있는 현실을 직시해야 했다. 학자금

대출 원금 상환 일정부터 확인했다. 대학원까지 다니며 석사 수료생이 되었지만 아르바이트로 생계를 연명하는 영화감독 지망생에게 가장 무서운 것은 매달 찾아올 학자금대출 원금 상환이었다. 열심히 장학금을 받는다고 받았는데도 지금까지 받은 학자금대출 총액은 약 2,300만 원에 달했다. 각종 아르바이트와 학업을 병행하는 데는 도가 텄지만 졸업 후 프리랜서로 살아간다는 것은 미지의 영역이었다. 국가근로장학생으로 학내에서 일하는 것이 현재 가장 큰 수입원이었고 대부분 고정비용은 그 수입에서 지출하고 있었다. 지금까지는 어떻게든 1인 가구 생활을 유지할 수 있었지만 앞으로 이 생활이 유지될 수 있을까? 확신이 서지 않았다. 하지만 가족으로부터 물리적, 경제적, 심리적 거리를 두고 혼자 산다는 것에 스스로 자부심을 가지고 있었고, 그것은 내 삶을 지탱하는 토대이기도 했다.

그러던 어느 날 나는 인터넷 검색을 하다가 아빠 명의로 된 땅이 있다는 사실을 알게 되었다. 언젠가부터 나는 아빠가 무슨 일을 하고 다니는지 궁금한 나머지 인터넷으로 종종 아빠의 이름을 검색하는 습관이 있었다. 특이 성씨의 장점이었다. 그러면 검색 결과로 꼭 무언가 하나씩 새로운 정보를 찾을 수 있었다. 예를 들어 아빠가 알고 보니 직장보험 가입자라거나, 종로구청에는 어처구니없을 정도로 적은 금액의 세금을 체납하고 있다거나 하는, 비교적 사소하지만 호기심을 자극하는 내용이었다. 그런데 그날은 이상하게도 경매 사이트 몇 군데에 아빠 이름이 올라가 있는 것을 발견했다. 의아했다. 아빠한테는 더 이상 재산이 없을 텐데 설마 지금 집에 있는 살림까지 경매로 팔린다는 건가? 빨간 딱지가 또 붙는 것인가? 여기서 상황이 더 엉망이 될 수도 있다는 것이군? 심호흡하며 떨리는 손으로 마우스를 클릭했다.

검색에 걸린 경매 매물은 서울시 강동구 길동에 위치해 있는 한 도로였다. 아빠 명의의 땅이었고 압류된 상태였다. 집도 아니고 왜 도로만 남아 있는 건지 바로 이해가 되지 않았다. 이 도로는 2006년에 압류가 됐다가 2007년에 압류 해지가 됐는데, 다시 2011년에 압류된 상태로 경매 사이트에 올라온 거였다. 감정가는 약 1억여 원이었다. 경매 예정일은 약 한 달 정도 남아 있었다. 나는 도로 주소를 받아 적고 곧장 부모님 집으로 향했다. 집에 도착하자마자 나는 먼저 엄마에게 이 도로의 존재를 아는지 물었다. 내 조급한 마음과 달리 엄마는 이 소식을 듣고도 매우 태연했다. "길동역 뒤에? 길동역? 옛날에 지은 거 있나보지. 나는 모르니까. 아빠가 얘길 안 하니까 모르잖아. 여기저기 남은 재산이 있는데도 이야기를 안 하잖아." 화제가 바로 아빠에 대한 비난으로 옮겨갔다.

그날 저녁 아빠가 집에 돌아오기를 기다렸다. 종로에서 하루 종일 시간을 보내다 돌아온 게 분명한 아빠는 인사를 하자마자 방문을 닫고 들어가버렸다. 나는 아빠에게 할 이야기가 있다고 했다. 아빠는 "그게 왜 인터넷에 올라와?"라는 질문부터 했다. 그러고는 인터넷에 그런 정보가 올라온다는 사실에 놀라움을 금치 못했다. 사실 나도 경매 사이트에서 아빠 이름을 발견한 것이 놀라웠지만 문제의 심각성을 논리적으로 관철시키기 위해 감정을 최대한 숨기고 차분하게 대화를 이어나갔다. "내 이름 치면 나와 그냥?" "아빠 이름이 특이하니까 바로 뜨지." "거 참 희한하네……." 아빠는 인터넷이라는 알 수 없는 세계에 왜 자신의 이름이 적혀 있는지, 그리고 왜 관련된 정보가 함께 검색되는 건지 의아해했다. 한국전쟁 전에 태어난 아빠는 신문물을 빠르게 익히는 엄마와 달리 아직 문자 보내는 법도 익히지 못했다. 아빠는 "공부나 열심히 해라, 돈에 신경 쓰지 말고"라는 말과 함께 문을 닫아버렸다. 아빠는 잠시 후 주방으로 나오더니 나에게 인터넷 하는 방법을 가르쳐달라는 요청을 하고는 또다시 방 안으로 들어갔다.

며칠 뒤 나는 엄마와 둘이서 아빠 명의의 땅을 보러 가기로 했다. 길동역에 내려 개찰구를 빠져나온 엄마는 이제야 익숙한 동네라는 듯이 편안한 얼굴로 길을 따라 걸었다. 엄마는 예전에 이 동네에 살았던 것 같다고 했다. 엄마가 지었던 집이 철거가 안 됐으면 아마 보자마자 바로 기억할 거라며 들떠 있었다. 우리는 분명 경매 사이트에 올라온 아빠의 땅을 보러 온 것이었는데 어느새 엄마가 지었던 집 탐방을 떠난 것 같은 분위기로 바뀌었다. 그렇게 골목길을 따라 걸은 지 얼마 되지 않아 엄마는 한 다세대주택 앞에서 걸음을 멈추었다. 엄마는 집을 뚫어지게 보다가 가까이 다가가 기웃거리며 건물 외관을 꼼꼼히 살펴봤다. 엄마는 이 집이 맞는다고 했다. 엄마가 지은 집은 외부 출입 계단을 따로 두지 않고 특이하게 집 안에 계단이 있었다고 했다. 투명한 유리창 너머로 실내 계단이 보였다. "이 집에 이거 참 예뻤는데. 현관 딱 들어가면 전부 저런 나무 계단으로 쫙 돌아서 2층으로 올라가거든?" 엄마는 자신이 한 인테리어를 마치 엊그제 했던 사람처럼 구체적으로 실내 풍경을 묘사했다.

그런데 그 집 앞에서 우연히 현재의 집주인을 만났다. 엄마는 반갑게 인사를 하더니 대뜸 80년대 초에 자신이 이 집을 지었다고 말했다. 엄마 또래의 집주인은 그 사실을 신기해하면서도 은근히 집 건물에 문제가 많다며 엄마를 탓했다. 집 연식이 너무 오래됐는데 고쳐서 쓰는 데도 한계가 있다면서 집주인으로서 자신의 처지를 한탄했다. 자신이 살던 아파트가 재개발돼서 그냥 팔고 이 집으로 이사를 왔다는 사실도 이야기했다. 엄마는 갑자기 태세를 전환해 "언니 연락처 하나 주세요. 제가 또 좋은 일 있으면 연락드릴게요"라며 집주인의 전화번호를 받아냈다. "언니 인상 참 좋으시네"라는 말도 빼놓지 않았다. 엄마는 이곳에 온 목적을 잊고 집주인에게 영업을 하기 시작했다. 두 사람은 몇 분 사이에 말을 놓고 집주인이라는 유대감으로 마음의 벽을 허물더니 종국에는 헤어짐이 아쉬운지 포옹을 하고 한참을 깔깔거리며 웃었다. 인사를 하는 엄마 옆에 서서 눈치를 살피던 나는 엄마에게 우리는 지금 도로를 보러 왔다는 목적을 환기해주었다. 엄마는 새 고객이 될지도 모르는 집주인 앞에서 경매나 압류 같은 단어가 행여 들릴까 걱정이 되어 내 이야기를 듣는 와중에도 어색한 미소를 잃지 않았다. 아빠 명의로 된 도로는 그 집 건물 바로 우측에 붙어 있는 작은 골목길이었다. 우리는 보는 둥 마는 둥 그 도로를 한번 슬쩍 걸어보고는 바로 집으로 돌아갔다.

얼마 뒤 아빠가 드디어 그 땅의 존재를 기억해냈다. 건축 공사가 모두 끝나고 건물을 매매하게 되면 해당 건물에 인접해 있는 도로 역시 집주인 명의로 넘겨줘야 하는 게 순리인데, 법무사의 실수로 도로 명의만 변경되지 않은 것 같다고 했다. 나는 강제 경매가 들어가게 되면 이러한 행정 실수가 발각되어 혹시 모를 보상을 받지 못하게 될까 걱정이 됐다. 무리해서라도 빚을 갚아 도로를 경매로 넘어가지 않게 하고, 추후에 재개발의 이익을 노려볼 수 있지 않을까 하는 기대가 있었기 때문이다. 남이 투자하면 투기고 내가 투자하면 순수한 투자라는 심보인 건지, 부동산 타령을 하는 부모님을 원망하던 태도는 온데간데없어지고 나도 모르게 계산기를 두드리고 있었다. 아빠는 어차피 자신의 도로가 아니니 우리가 상관할 바가 아니라고 했다. 나는 혹시 빚을 얼마나 갚아야 압류가 해제되는 것인지 물었다. 아빠는 갑자기 횡설수설하기 시작했다. "종로구청에 하고 여러 군데 있지. 갚을 필요 없어. 돈 없는데 뭐 하러 갚아. 너는 그런 걱정하지 마." 그러곤 자기 빚 갚아줄 돈이 있으면 그걸로 내 빚이나 갚으라며 방문을 닫고 들어가버렸다. 맞는 말이었다.

부모님과 몇 주 동안 옥신각신하는 사이 경매 입찰이 시작되었다. 청구 금액은 1,200만 원, 입찰 최저가는 4,600만 원이었다. 만약 최저가 입찰이 진행되고 청구금액을 제하고 나면 3,400만 원이 남는다는 것을 의미하는 걸까? 내 나름대로 경매 공부를 시작했다. 누구는 상속세, 증여세 문제로 머리를 싸매고 고민한다는데 나는 빚과 재산 중 어느 쪽이 더 남는 장사인지 고민하고 있다는 사실에 잠시 비참해졌으나, 나는 끈질기고 낙천적인 성향을 가지고 있었다. 법원에 직접 문의하는 것이 가장 빠른 방법일 것 같았다. 압류를 결정한 곳이 지방법원이었기 때문이다. 인터넷 경매에 올라온 것 때문에 문의하려고 전화했다 하니 바로 담당자를 연결해주었다. 담당자는 내가 불러주는 경매 번호를 검색했다. 낙찰 금액이 빚의 규모보다 커서 혹시 돈이 남게 되는 경우에 가족들이 돌려받을 수 있는 건지 궁금했다. 담당자는 1초의 망설임도 없이 대답했다. "그런 경우는 거의 없어요." 허무함이 몰려왔다.

나는 엄마에게 이러한 상황을 상세히 보고했다. 엄마는 아쉽지만 어쩔 수 없는 일이라며 별 미련이 없는 듯했다. 나는 괜히 눈물이 났다. 어떻게든 해결책이 될 거라고 생각했는데 모든 희망이 사라진 것 같았다. 항상 엄마에게 더 씩씩해져야 한다, 현실을 바라봐야 한다고 말해온 사람은 나였는데 이번에는 입장이 달라졌다. 엄마는 '하면 된다'고 생각하자며 말문을 뗐다. 그리고 인생이 다 그런 것이라며, 이 사회가 그런 곳이라며, 힘든 사람이 우리뿐이 아니고 많은 사람들이 그렇게 살아가고 있다며, 이런 순간도 앞으로 내가 살아가는 데 하나의 경험이 될 거라며, 내 인생에서 실패하지 않으려면 꿋꿋하게 이런 경험도 해야 되는 거라며, 우리 딸은 알아서 잘할 거라며 나를 다독여주었다.

완전체로 돌아온 부동산 가족

땅이 경매로 모두 넘어간 뒤 법원에서는 별다른 소식이 들려오지 않았다. 경매 후 정말로 남은 돈이 없었던 모양이다. 나는 졸업을 코앞에 두고 최후의 보루로 남겨두었던 방법을 꺼내들었다. 바로 부모님 집으로 귀환하는 것이었다. 매달 나가는 월세를 아낄 수 있었고 보증금으로 아빠의 빚을 일부 갚을 수도 있었다. 그리고 일단 내가 진 빚을 갚는 연습부터 하기로 했다. 친구들의 도움을 받아 봉고차에 짐을 실었다. 텅 비어버린 나의 방을 둘러볼 때까지는 새롭게 시작하는 기분이 들었다. 신나게 동부간선도로를 타고 달리다가 강변북로에 들어설 때까지도 그랬다. 마침내 올림픽대교를 건너는데 자괴감이 몰려왔다. 내 삶이 끝나버린 것 같았다. 원가족에게 잠시 돌아가는 거라고 스스로 납득해보려 했지만 내심 나이가 들어가는 부모님을 부양해야 한다는 책임감으로부터 자유로울 자신이 없다는 것을 인정할 수밖에 없었다. 이제 엄마가 홀로 감당하던 월세에 내가 생활하는 공간만큼의 지분을 보탤 것이고, 행여 공과금이 밀려 가스와 전기가 끊기면 내가 납부하게 될 것이 자명했다. 그렇게 외면하고 있었던 K-장녀의 본능이 꿈틀거리며 올라왔다.

방에서 방으로 짐을 옮겼을 뿐이지만 한 가구의 살림살이가 부모님 살림에 더해지니 내 방은 도무지 발 디딜 틈이 없었다. 반가운 마음이 큰 부모님의 질문이 끊이질 않았다. 동시에 본인들과 상의 따위 하지 않고 대학원에 진학해버린 20대 후반의 자식이 당분간 취직할 계획이 없다는 사실에 잔소리도 하지 못하고 괜히 눈치를 보는 것이 고스란히 느껴졌다. 부모님 딴에는 도대체 프리랜서가 어떤 일을 하는 직업인지, 돈은 얼마를 버는 것인지 도무지 이해가 되지 않는 듯했다. 영화 제작사가 딸을 감독으로 고용한 것도 아니라고 하고, 혼자 카메라를 들고 다닐 뿐인데 영화를 찍는다고 하고, 그냥 영화도 아니고 독립영화는 또 무엇이란 말인가? 부모님의 궁금증에 하나씩 답을 하다보니 나도 내 삶을 어떻게 꾸려나가려고 이렇게 대책 없이 살고 있는 것인지 민망해져 헛웃음이 터져나왔다. 울산에서 멀쩡한 직장을 때려치우고 서울로 상경했던 20대 후반의 두 사람보다 포부 넘치는 계획을 가지고 있는 것도 아니었으니 말이다.

나는 당분간 성실하게 K-장녀가 되기로 했다. 나이가 든 부모님과 언제 또 같이 살아보겠냐 싶었다. 한 번 더 독립을 해서 나가게 되면 다시는 부모님과 한 집에 살 일은 없을 거라는 예감이 들었다. 하지만 첫날부터 나의 결심은 무너졌다. 새벽에 잠들고 느지막이 일어나는 나와 달리 두 사람은 새벽부터 하루를 시작했고 굳이 아침을 먹으라며 나를 깨웠다. 몇 주가 흘러 내 눈가에는 다크서클이 내려왔고 엄마에게 제발 나를 깨우지 말아달라고 간곡하게 부탁했다. 저녁 무렵 드라마를 보고 있으면 원래 보던 프로그램이 있다며 텔레비전 채널을 돌렸다. 하지만 더 이상 가스가 끊겨 따듯한 물로 샤워를 못 하는 일은 벌어지지 않았다. 공과금 고지서가 날아오면 나는 매달 공과금 납부가 잘되고 있는지 확인했고, 미납이 되었으면 부모님에게 말하지 않고 계좌이체를 했다. 스스로 자신을 책임지는 생활 끝에 집으로 돌아오니 부모님의 사건사고에 예전보다 영향을 덜 받았다. 하지만 여전히 나만의 공간은 필요했다. 식탁에서 일을 하는 것도 한계가 있었기 때문이다. 결국 내 공간이 절실한 날에는 카페로 다시 발걸음을 돌려야 했다.

내가 집에 돌아온 뒤로 엄마는 아파트에서부터 이고 지고 온 가구를 정리하기로 했다. 내 살림살이로 인해 집이 비좁아졌기 때문이다. 20년 전 직접 고르고 골라 거금을 주고 구입했던 6인용 식탁과 소파, 소형 앤티크 가구에는 엄마의 애정이 잔뜩 묻어 있었다. 이 가구들을 지키는 것은 우리 가족이 다시 아파트로 이사할 수 있을 거라는 믿음을 지키는 일이기도 했다. 나는 낡아빠진 가구들이 지긋지긋했다. 특히 이 가구들을 집 안에 쌓아놓고 이루어지지 않을 희망을 견디고 있는 부모님을 보는 게 괴로웠다. 엄마는 지난 몇 년 동안 가구를 처분하자는 내 말을 도통 듣지 않더니만 이번에는 웬일인지 내가 하자는 대로 따르겠다고 했다.

가구를 버리는 당일이 되니 엄마는 나보다 훨씬 더 적극적으로 짐을 정리하기 시작했다. 막상 가구가 해체되는 모습을 보면서 가구들을 아까워하는 사람은 나였다. 엄마에게 정말 이것까지 버릴 거냐고 되묻기를 반복했다. 결국 버릴 계획이 없던 가구들까지 엄마의 진두지휘 아래 집 밖으로 옮겨졌다. "저것들이 앉아 있었으니 얼마나 답답하나. 엄마는 이게 성격이 미련이 많아서… 뭐 그리 살림에 애착이 많아서 못 버리고." 엄마는 계단에 서서 트럭 위로 차곡차곡 쌓이는 가구에서 눈을 떼지 못하며 말했다. "논현동 가구점 가서 소파 바꾸고 식탁 바꾸고. 디자인상 1위 받았다고 해서 600만 원 주고 샀어, 소파. 그때 당시에. 그러니까 아까워서 못 버린 거야. 지금도 600만 원짜리 소파 사기가 쉽나 어디." 하지만 결국 엄마는 주방을 전부 차지하고 있는 식탁은 버리지 않았다. "식탁은 좀 그렇네. 버리기가 아까워가지구. 이거 식탁 되게 마음에 들거든… 20년 전에 500만 원 같으면 큰돈이야. 월급쟁이들 몇 달 월급인데. 한 5개월 월급 되겠구만. 안 그래?"

한편 몇 달의 간격을 두고 두 사람은 각자의 비밀을 하나씩 나에게 털어놓았다. 내가 집을 떠나 있는 동안 엄마는 내 옷장을 비밀 창고로 쓰고 있었다. 서랍 뒤쪽 구석에는 등기권리증이 숨겨져 있었다. 엄마는 2010년도에 아빠 몰래 땅을 샀다. 그 땅은 내 이름으로 계약되어 있었다. 엄마는 그 땅이 '트리플 역세권', 즉 세 개의 철도 노선이 지나가는 곳에 위치해 있기 때문에 앞으로 개발이 될 수밖에 없다고 했다. 왠지 일리가 있었다. 평당 50만 원을 주고 구입한 40평 규모의 땅이었다. 아직은 밭이라고 했다. 내 소유의 땅이 있다니 어안이 벙벙했다. 엄마는 부모로서 자식에게 무언가를 남겨주고 싶어서 땅을 구입한 거라고 했다. 나는 할 말이 없어졌다. 엄마의 심정이 충분히 이해가 됐기 때문이다. 감동도 잠시, 총 액수가 2천만 원이라는 계산이 서자마자 내 학자금대출이 머릿속을 스쳐지나갔다. 땅값이 내 학자금대출 총액과 얼추 비슷했던 것이다. 엄마는 나중에 땅값이 6배는 오를 거라, 적어도 1억 5천만 원이 될 거니 조금만 기다려보라 했다. 그리고 학자금대출은 그때 땅을 팔아 갚으면 된다고 했다. 머리가 띵했지만 과연 엄마다운 대답이었다.

아빠는 베개 속에 몰래 현금을 모으고 있었다. 아빠가 자발적으로 이 비밀을 알렸다기보다는 엄마에게 발각되었다는 쪽에 가까웠다. 엄마가 오랜만에 이불 빨래를 하려 베갯잇을 벗겨냈더니 비닐봉지에 싸여 있는 돈다발이 나왔다는 거였다. 심지어 금액이 적지도 않았다. 액수가 770만 원이었다. 엄마와 나는 돈다발을 식탁에 올려놓고 아빠가 집에 돌아오기를 기다렸다. 귀가한 아빠는 당황한 기색이 역력했다. 그리고 왜 남의 물건을 뒤졌느냐고 화를 내며 '쾅' 소리나게 문을 닫고 방으로 들어갔다. 엄마는 아빠가 현금을 감추고 있으면서 생활비를 보태지 않았다는 사실에 배신감을 느끼며 마찬가지로 내 방으로 문을 닫고 들어갔다. 나는 아빠와 협상을 시작했다. 앞으로 이 돈을 내가 보관하고 있을 테니 목돈이 필요할 때 이야기를 하면 인출해주겠다고 했다. 그래야 아빠도 덜 불안하고 엄마도 안심할 수 있을 거라고 말이다. 아빠는 엄마에게 미안한 마음이 들었는지 내일 통장에 돈을 모두 입금해 오겠다고 약속했다. 다음날 아빠는 약속한 대로 곧장 은행으로 가 통장을 개설해 왔다. 아빠는 안 그래도 돈을 감추고 있느라 여러 가지로 머리가 아팠는데 이제 마음이 편해졌다면서 기꺼이 나에게 통장을 건네주었다.

영화 <버블 패밀리>의 완성

우리 가족의 이야기를 다큐멘터리로 만들고 있다고 말할 때마다 사람들의 반응은 대체로 비슷했다. "네 마음이 힘들지 않겠어?"라며 나를 먼저 걱정했다. 몇 년 전이었다면 이 모든 문제들이 당장 눈앞에 마주하고 있는 현실이라 객관적으로 거리 두기가 쉽지 않았을 게 분명했다. 하지만 영화를 촬영하는 동안에는 감정적으로 힘들지 않았다. 부모님이 살아온 역사를 알게 되었고, 한 개인의 삶과 연결되어 있는 한국 사회의 역사를 구조적으로 돌아보면서 내 감정도 같이 정리가 된 뒤였기 때문이다. 부모님이 왜 부동산에 집착하는지, 왜 그럴 수밖에 없었는지에 대한 맥락을 이해하게 되면서, 부모님에게 일방적으로 향해 있던 분노, 짜증, 화와 같은 부정적 감정들이 여기저기로 분산되었다고 할까? 그 맥락을 이해한다는 것이 부모님이 가지고 있는 부동산 신화에 대한 희망에

동의한다는 뜻은 아니다. 다만 부모님이 내 유년기에 정확히 무슨 일이 벌어졌는지 끝내 설명해주지 않았던 빈칸을 카메라를 들고 나서야 채울 수 있었기에 속이 시원하다는 것에 가까웠다.

종로의 한 카페에 앉아 있다가 대낮에 인파 사이를 걸어가고 있는 아빠를 우연히 발견한 뒤로 나는 아빠가 무엇을 하는 사람인지 알고 싶었다. 이 작은 호기심은 단순히 나의 부모님으로서가 아닌 마풍락, 노해숙이라는 개인에 대한 궁금증으로 이어졌다. 그리고 생애사를 분석하며 두 사람이 살아온 삶의 풍파는 한국 사회의 부동산 개발사와 긴밀하게 연결되어 있었다는 것을 알게 되었다. 특히 부모님이 지었던 주택들이 토지구획정리사업이 시행되었던 장소와 맞아떨어진다는 사실을 확인하던 순간에 나는 비로소 해방감을 느꼈다. 부모님이 했던 사업이 도시개발정책에 영향을 받았을 거라는 가설이 사실로 증명되었고, 내 인생에 단절되어 있던 서사가 조금씩 메워지기 시작한 것이다. 그리고 내가 미처 모르고 있을 나머지 이야기를 찾기 위해 우리 가족에 대한 영화를 찍어야겠다고 결심했다. 영화를 만드는 나에게 카메라는 의사의 청진기, 과학자의 현미경과 같이 내가 속한 세계를 탐구하는 도구였다.

나는 부모님이 살아온 당시의 도시 풍경을 영상으로 보고 싶었다. 방송국 아카이브실 편집자로 일한 경험이 있었기에 방송국에 방문하여 자료영상을 검색하고 살펴보는 일 역시 낯설지 않았다. 오래된 흑백 영상은 타임머신과도 같았다. 아빠의 인터뷰에서 이 동네는 전부 허허벌판이었다는 이야기를 들은 뒤 1970년대 후반 잠실섬 매립공사 영상을 찾아보면 현재의 잠실 풍경을 상상하기 어려운 허허벌판이 정말로 펼쳐져 있었다. 여기저기 새 주택이 지어지며 건설 붐이 일었다는 엄마의 이야기를 듣고 1980년대 후반 송파구의 영상을 살펴보면 새로 지어진 아파트와 다세대 주택이 우후죽순 지어져 있고 골목길 여기저기 분양 현수막이 빽빽하게 걸려 있는 모습을 볼 수 있었다. 다시 경험할 수 없는 현실을 영상을 통해 재경험하는 것 같았다. 찬찬히 당시 풍경을 응시하면서 프레임 바깥 세계에 살고 있었을 부모님의 모습도 함께 상상할 수 있었다.

촬영을 시작했을 때 채 몇 층 올라가지 않았던 롯데월드타워는 편집을 하는 동안 어느새 완공되어 쇼핑몰을 개장했다. 123층 높이의 빌딩이 지어지는 풍경을 카메라에 담으며 그 규모에 압도되곤 했다. 건축물이라는 것이 그 시대의 문화와 자본 양식을 반영하는 상징적 의미를 가진다고 한다면, 123층의 초고층 빌딩은 말 그대로 신자유주의 시대의 상징이 될 만한 건물이 아닐까? 1970년대와 1980년대가 단독주택, 다세대주택만큼의 자본을 소유한 소규모 건설업자의 시대였다고 한다면, 1990년대와 2000년대는 브랜드 아파트로 대표되는 대기업 건설사의 시대였다. 그리고 2010년대는 초고층 빌딩의 시대가 됐다. 대규모 자본이 없으면 건물을 지을 수 없고, 자본이 있는 사람들만이 계속해서 건물을 지을 수 있는 소수의 승자 독식 시장. 이러한 구조가 비단 건설 시장의 모습만은 아닐 것이다.

오랜 시간 동안 아빠와 안부 연락은 고사하고 내 휴대폰에 아빠 전화번호도 저장되어 있지 않았던 시절이 있었지만, 촬영을 하는 동안 아빠에게 건물 이야기를 듣는 것은 즐거운 경험이었다. 아빠는 보통 때 화를 내거나, 거짓말을 하거나, 대화를 피하기 일쑤였다. 사춘기 시절을 지나면서 감정적 교류는 완전히 단절되어 있었다. 나는 아빠에게 궁금한 것이 없었고, 아빠도 나에게 궁금한 것이 없었다. 하지만 언젠가부터 카메라를 들고 집으로 와 아빠에 대해 이것저것 물어보기 시작하자 아빠도 내심 그 시간을 기다렸던 모양이다. 때론 내가 곤란한 질문을 던지면 죄책감으로 말을 돌리기도 했지만 카메라가 사이에 있으면 서로 수년간 밀렸던 대화를 몰아서 할 수 있었다. 아빠가 지은 건물을 직접 보러 가면 좋겠다고 하니 아빠는 함께 외출하는 그날이 오기를 며칠 전부터 고대했다.

아빠와 지하철 네 정거장 거리의 천변 산책로를 따라 서울 외곽순환고속도로가 보일 때까지 한참을 걸어 도착한 곳은 송파구 마천동에 있는 한 빌딩 앞이었다. 이 지역을 속속들이 알고 있는 사람답게 아빠는 단 한 번의 망설임도 없이 집에서부터 건물까지 가는 길을 나에게 안내했다. 특별할 것 없이 연식이 오래된 낡은 4층짜리 빌딩이었다. 아빠는 90년대에 이 건물을 지었다고 했다. 빌딩 입구에 붙어 있는 건물 이름이 눈에 들어왔다. 바로 '쌍마 빌딩'이었다. 나는 아빠에게 왜 건물 이름을 '쌍마 빌딩'으로 지었는지 물었다. 아빠는 자신과 내가 마씨이니 마씨가 두 명이라 '쌍마'라는 뜻으로 이름을 지었다며 멋쩍게 웃었다. 이제 빌딩은 더 이상 아빠의 소유가 아니고 대단한 건축가가 지은 건물도 아니기에 건축사에 남지 않겠지만, 아빠는 건물 이름에 자신의 흔적을 남겨놓았다. 나는 왠지 '쌍마'라는 단어가 없어질 것이 미리 아까웠다. 그 무렵 나는 영화업으로 개인사업자 등록할 것을 계획하고 있었기에, 집에 오는 길 아빠에게 회사 이름을 '쌍마픽처스'로 짓겠다고 선언했다.

나는 엄마에게도 두 사람이 지은 건물, 특히 엄마가 디자인한 건물을 보러 가자고 했다. 엄마는 산책을 하거나 볼일이 있어 자신이 지었던 집 근처를 갈 일이 있으면 건물이 남아있는지 종종 확인했던 모양이다. 몇 번째 골목이었는지 잠시 헷갈리기는 했으나 엄마 역시 단번에 건물을 찾아냈다. 빨간 벽돌의 '미니 3층' 주택이었다. 그러고 보니 이 바로 옆에 내가 중고등학교 시절 다니던 학원이 바로 붙어 있어 지나가며 종종 보았던 건물이었다는 것이 떠올랐다. 운 좋게도 엄마가 지은 집은 재건축 열풍을 뚫고 남아 있었다. 그 골목에는 엄마가 지은 것과 비슷한 미니 3층 주택의 흔적이 꽤 남아 있었으나 대부분 식당으로 개조가 되어 있었다. 혹은 더 높은 다세대주택으로 재건축이 완료됐거나, 건축 중이었다. 이제 남의 집이니 집 내부까지 들어가 볼 수는 없었지만 엄마는 현관문 앞에 서서 어떤 부분을 특별히 신경 써서 지은 집인지 한참 설명해주었다. 아빠가 건물 이름을 생각하는 동안, 엄마는 건물 디자인을 생각했다. 한참 자신의 디자인 의도를 설명하는 엄마의 모습을 보며 나는 이 건물을 보고 싶었다기보다는 이 주택을 설명하는 엄마의 모습을 보고 싶었다는 것을 깨달았다. 카메라 앞에서는 내가 아는 엄마의 모습과는 또 다른 정체성을 가지고 살았던 젊은 시절의 엄마를 잠시나마 엿볼 수 있었기 때문이다.

몇 달에 걸쳐 카메라를 들고 다니며 때론 엄마, 아빠와 건물을 보러 다녔다. 놀랍게도 대부분의 건물들은 내가 자라는 동안 일상적으로 지나다녔던 골목에 위치해 있었다. 80년대에 지은 건물들은 주로 미니 3층이나 미니 2층의 붉은 벽돌 주택이었다면 80년대 중반을 넘어가면서 상가주택이나 빌딩으로 그 규모가 커졌다. 셋이 함께 탐사를 나선 적도 있었는데 그중 가장 강렬하게 기억에 남는 곳은 강동구 성내동에 위치한 한 빌딩이었다. 유일하게 건축 당시 기념으로 찍은 사진이 선명하게 남아 있는 빌딩이었기 때문이다. 지하철 5호선 둔촌역에서 내려 성내 시장을 지나 성내동 방향으로 10분가량 내려가다보면 황토색 벽돌의 5층짜리 빌딩이 하나 나왔다. 바로 두 사람이 지은 건물이었다. 엄마는 이곳에서 무슨 일이 있었는지 종종 이야기하곤 했다. 엄마가 혼자 벽돌을 옮기다가 허리를 다쳐 그 뒤로 허리디스크에 평생 시달리게 되었다는 거다. 이 에피소드를 시작으로 엄마의 이야기는 주로 무거운 물건은 절대로 혼자 들지 말라는 잔소리 레퍼토리로 이어졌다.

30대 중반의 젊은 두 사람은 건물 완공 기념으로 사진을 여러 장 찍은 듯했다. 파마머리에 핫핑크 배기팬츠를 입은 엄마는 지금에 비해 인생의 풍파를 덜 맞은 듯한 해맑은 표정으로 잇몸을 드러내며 활짝 웃고 있었다. 장발을 한 아빠는 지금과 달리 빼빼 마른 몸을 하고, 추리닝을 입은 채 엄마의 손을 꽉 잡고 있었다. 두 사람은 훌륭한 파트너십을 유지하고 있는 것처럼 보였다. 부부이자, 친구이자, 동업자로 서로에게 힘이 되고 있다는 그런 인상이 풍겼다. 지금은 두 사람이 손을 잡고 길을 걷는다는 것은 상상도 되지 않는 일이다. 빌딩 탐사를 나선 순간까지도 두 사람은 함께 가는 것을 부담스러워하며 마지못해 현관문을 나섰다. 그러고는 서로 거리를 두고 걷다가 지하철 플랫폼에서는 다른 의자에 앉더니 텅 빈 지하철 안에서도 옆자리에 앉지 않고 멀찍이 떨어져 앉았다.

아빠는 촬영에 무심한 것처럼 보였지만 카메라를 빌미로 딸과 외출하는 시간을 가질 수 있는 것이 좋았던지, 언제 촬영을 또 할 건지 물었다. 화장을 하지 않은 체로는 절대 촬영을 하지 않겠다던 엄마는 먼저 어떤 장면을 촬영하면 좋을지 계획을 세워 알려주었다. 어떤 날은 늦잠 자고 있는 나를 먼저 깨우더니 삼성역 코엑스에 투자박람회가 있으니 촬영을 하러 가자고 권유하기도 했다. 결국 행사장에서 무단으로 부동산 투자 전단지를 돌리다가 걸려 경호원에게 쫓겨나기는 했지만 말이다. 엄마는 굴하지 않고 길가에 서서 투자박람회에 방문하는 사람들에게 웃으며 전단지를 돌렸다. 그 뒤로 집에서 엄마 이름이 적혀 있는 부동산 투자 홍보 물티슈를 볼 때면 그날 엄마 모습이 자동으로 떠올랐다.

마지막 촬영은 가족사진을 찍는 것이었다. 약 20여 년 전, 부유한 생활의 최정점을 찍던 시기 세 식구가 가지고 있는 옷들 가운데 가장 좋은 옷을 입고 사진관에서 촬영했던 바로 그 가족사진처럼 말이다. 엄마는 며칠 전부터 설레했다. 엄마는 아빠에게 새 정장을 한 벌 맞춰주었고, 자신은 가지고 있는 옷들 가운데 가장 좋은 옷을 골랐다. 우리는 사진관 앞에서 만나기로 했는데, 엄마는 내가 단정하지 않은 옷을 입을까 걱정이 되었는지 집에 있는 재킷 몇 벌을 이고 지고 스튜디오에 도착했다. 사진 속의 젊은 부모님은 IMF 외환위기 시절 모든 재산을 잃고 이제 70대의 노부부가 되어 있었고, 아무것도 영문을 모른 채 세상을 원망했던 꼬마는 이제 20대 후반의 성인이 되어 있었다.

여러모로 우여곡절이 많았던 한 해가 지나가고 있었다. 그렇게 서로 적응을 해나가는 사이, 나는 우리 가족의 이야기를 장편영화로 완성했다. 편집을 마치는 데까지는 약 1년여의 시간이 더 걸렸다. 나는 이 이야기를 IMF 외환위기를 겪어낸 또래의 관객들과 나누고 싶었다. 가세가 기울고 부모님의 언성이 높아지는 날들이 이어졌지만 친구들에게 차마 이런 속사정을 이야기하지 못하고 혼자 마음속 깊은 곳에 짐을 진 채로 성인이 된 사람들을 만나고 싶었다. 흩어져 있는 서사를 각자의 방식대로 다시 채워나가고 있을 사람들과, 전기가 나간 방 한구석에서 두려움에 떨었던 순간에 대해, 등교하기 전 머리를 감기 위해 커다란 냄비에 물을 끓이며 지각할까봐 발을 동동 구르던 순간에 대해, 내가 살고 있는 초라한 집을 누군가에게 들킬까봐 불안해하며 죄지은 사람처럼 골목길을 돌고 돌아 집에 가던 순간에 대해 함께 이야기하고 싶었다.

영화 제목인 〈버블 패밀리〉는 기획 단계에서 이미 확정된 제목이었다. 부동산버블은 부동산용어사전에 등재되어 있는 단어이다. "부동산버블(Bubble)이란 부동산 투기가 원인이 되어 부동산 가격이 경제상황이 반영된 경제지표를 이탈하여 일정 기간 지속적으로 상승하는 현상"[1]을 말한다. 부동산버블의 특징은 "매수인이 매매차익을 목적으로 거래에 참가하고 시장을 낙관하는 것이며 그들이 믿고 행동한 결과는 실제로 시장을 과열시켜 부동산 가격이 경제상황으로부터 괴리되는 점"이라고 정의한다. 또한 "이러

1 장희순 외, 《부동산용어사전》, 부연사, 2020. 바로 뒤에 나오는 인용문들도 이 문헌에서 가져온 것이다.

한 현상은 선진국이나 후진국을 막론하고 경제호황기에 발생하는 현상"이다. 우리 가족과 떼려야 뗄 수 없는 것이 바로 이 부동산버블이었기에 부동산버블에 갇혀 있는 우리 가족을 빗대어 〈버블 패밀리〉라는 제목을 지었다.

2017년 전주국제영화제에서 첫 상영을 하며 엄마를 영화제에 초대했다. 영화가 상영되는 내내 엄마는 많이 울었다. 하지만 엔딩 크레딧이 올라가는 동안 그 누구보다도 크게 박수를 쳤다. 관객과의 대화를 진행하면서 엄마는 20년 내내 묵혀두었던 감정이 해소되었다고 했다. 입 밖으로 솔직하게 꺼낼 수 없었던 그 동안의 모든 사정을 수많은 사람 앞에서 드러내니 처음에는 부끄럽고 딸이 원망스럽기도 했지만, 관객들이 자기 가족에게도 비슷한 일이 있었다며 함께 눈물을 흘리고, 엄마의 손을 잡으며 용기를 내어주어 감사하다고 해주어 오히려 위로를 받았다는 것이다. 사인을 해달라는 몇몇 관객들의 요청에 엄마는 거침없이 펜을 들었다. 서울국제여성영화제에서 상영할 때는 외가의 친척을 한데 불러 와 관객과의 대화에 함께 참석하기도 했다. 가까운 친척들에게도 말하지 못했던 속사정을 엄마는 더 이상 감출 필요가 없어졌다. 영화가 개봉했을 때 'n차 관람(영화를 여러 번 반복해서 관람하는 것)'을 하며 그때마다 물개박수를 치는 바람에 이상한 사람이라는 눈총을 받다가 극장 불이 켜지고 난 뒤 보니 스크린 속 주인공이었다는 관객의 목격담이 SNS에 올라오기도 했다.

문제는 아빠였다. 나는 아직 아빠에게 할 말이 많이 남아 있었다. 엄마는 보도자료를 미리 본 적도 있었고 내가 어떤 고민을 하고 있는지, 우리 가족에 대한 영화를 얼마나 솔직한 수준으로 만들고 있는지 어느 정도 가늠하고 있었다. 하지만 아빠는 내가 줄곧 가족에 대한 영화를 완성했다는 걸 알면서도 영화관에 가는 것을 자꾸 미뤘다. 전주국제영화제 상영 때는 장소가 멀다는 이유로, 서울국제여성영화제 상영 때는 약속이 있다는 이유로 영화를 보지 않았다. 언제 또 서울에서 영화를 상영할 수 있을지 모르는 상황이 되어서야 나 역시 아빠를 적극적으로 설득하기 시작했다. 그렇게 EBS국제다큐영화제에서 상영할 때 아빠와 처음으로 영화를 함께 보았다.

나는 상영 내내 흘깃흘깃 옆자리의 아빠를 봤다. 아빠가 어떤 심정으로 이 영화를 보고 있을지 짐작되지 않았다. 엄마가 부동산 텔레마케터로 일을 하고 있다는 사실과 내 땅을 사두었다는 사실도 영화를 통해 처음 접하는 이야기였으니, 내가 정리한 우리 가족의 이야기가 처음부터 끝까지 커다란 충격이었을 것이다. 아빠의 표정을 읽을 수 없었다. 어느덧 관객과의 대화 시간이 되었다. 나는 아빠가 생각보다 유려한 말솜씨로 자신의 이야기를 말한다는 사실에 되레 충격을 받았다. 집 안에서는 말없이 방문을 닫고 들어가버리는 외로운 가부장이었지만, 집 밖에서는 여전히 부지런하게 사회생활을 하는 '마사장'의 모습을 눈앞에서 확인하는 순간이었다. 아빠는 딸이 가족의 이야기를 훌륭한 영화로 잘 만든 것 같아서 뿌듯하다고 말했고, 관객들은 함께 박수를 쳐주었다.

신촌의 영화관을 나오며 아빠가 나에게 처음 건넨 말은 내 명의의 땅 위치가 어디인지, 가격이 많이 올랐는지 물어보는 질문이었다. 아빠다웠다. 그제야 둘 사이에 흐르던 미묘한 긴장감이 풀렸다. 우리는 별말 없이 영화관 인근 식당에서 동태찌개를 먹었다. 동태찌개는 참 맛이 없었다. 네 맛도 내 맛도 아닌 맛이었다. 밥이 코로 들어가는지 입으로 들어가는지 알 수 없었다. 사실은 자꾸 눈물이 나올 것 같아서 밥알이 아니라 모래를 씹는 것 같았다. 아빠의 얼굴을 똑바로 쳐다보기가 힘들었다. 한 시간 넘게 지하철을 타고 오는 내내 아빠도 나도 "여기서 환승을 해야 한다"는 꼭 필요한 말 이외에는 침묵을 지켰다. 그렇게 집에 돌아와 현관문을 열고 들어서자마자 아빠는 오늘 수고했다는 말 한 마디 남긴 채 다시 방 안으로 들어가버렸다. 그날 아빠가 잠을 제대로 자기는 했는지 혹시 뒤척이는 밤을 보냈는지는 알 수 없다. 적어도 나는 밤새도록 이불 속에서 눈물 콧물이 범벅이 되도록 한참을 울었다. 아빠에게 영화를 보여주고 나서야 비로소 〈버블 패밀리〉라는 영화가 완성됐다는 생각이 들었다.

영혼까지 끌어모아 전세 입성

국내외 영화제를 오가며 영화 개봉을 준비하던 2017년 12월, 아빠는 갑자기 나에게 집을 나가라고 했다. 이게 무슨 청천벽력 같은 소리인가? 세대 분리를 해야 하니 빨리 이사를 나가라는 통보였다. LH전세임대주택 지원을 받게 되었다는 거였다. 우리 가족의 사정을 알게 된 주민센터의 사회복지사가 기초생활수급 등록을 제안했고, 이후 LH전세임대주택 신청을 넣어주었는데 최종 서류가 통과된 상황이었다. LH와 SH의 전세임대주택은 주변보다 저렴한 시세로 저렴하게 저소득층에게 주택을 재임대해주는 제도이다. 2023년 기준으로는 최대 1억5천만 원까지 전세지원금을 지원하고 전세지원금의 5%만을 본인이 직접 임대보증금으로 내면 되었다. 월 임대료는 전세 지원금에 대해서 연 1~2%의 이자를 내는 거라 월세 부담을 대폭 줄일 수 있는 기회였다. 아빠는 2인 가구 소득을 기준으로 서류를 준비했기 때문에 내가 세대 분리를 해서 나가야 된다고 했다. 가난을 증명하는 데 이골이 났다고 생각했는데 새로운 영역이 아직 남아 있었다.

나름대로 평온한 시기를 보내고 있던 나는 며칠간 당황스러운 심정을 숨길 수 없었다. 갑자기 따로 살자니? 게다가 두 집 이사를 동시에 해야 한다니? 장기적인 관점에서 부모님에게 안정적인 주거 환경이 조성된다는 것이 내 마음속 K-장녀의 짐을 덜어주는 것도 사실이었다. 자연스럽게 세대 분리가 되면 나 역시 다시 독립의 자유를 누릴 수 있게 될 것이었다. 하지만 지금 당장 나가라니? 언젠가 다시 독립을 할 시기가 찾아올 거라고 생각했지만 그게 아빠의 제안으로 정해질 거라고는 상상하지도 못했다. 머릿속에서 다시 계산기가 돌아갔다. 부모님이 살 집을 먼저 구해야 입주일이 정해진다. 그리고 그 입주일 전에 맞춰 내가 살 집을 구하고, 살림살이가 적은 내가 먼저 이사해야 한다. 서로 합의가 이루어진 이후 우리는 일사천리로 이사 준비를 시작했다. 내가 부동산 발품을 팔고, 최종 승인과 행정 처리는 LH전세임대주택 지원을 받는 아빠가, 현재 집주인과의 소통은 엄마가 하기로 했다.

먼저 어느 동네로 이사를 갈 것인지 정했다. 나는 무조건 이 지역을 떠났으면 했다. 부모님은 1978년 울산에서 서울로 상경한 이후로 쭉 강동구와 송파구에서 벗어난 적이 없었다. IMF 외환위기 이후 이곳을 떠나지 않은 것은 다시 '중산층'이 될 거라는 희망 때문이었다. 부모님은 매해 점차 벌어지는 계층의 간극을 극복할 수 있는 유일한 수단은 부동산이라는 생각으로 지난 세월을 버텨온 것이다. 그러니 나는 두 사람이 현실적으로 '중산층'이 될 수 있을 거라는 기대를 버렸으면 했다. 이것은 미래에 더 나은 삶을 살 거라는 희망을 버리는 것과는 달랐다. 내 바람과는 달리 부모님은 다른 지역으로 이사하는 것에 심리적 거부감이 컸다. 상대적으로 전세 시세가 저렴한 지역으로 이사하고 쾌적한 환경에서 사는 것이 어떤지 내 의견을 피력해보았지만, 부모님도 의견을 굽히지 않았다. 아무래도 70세가 넘은 부모님이 익숙한 곳을 떠나 새로운 환경에 적응한다는 것은 어려울 수도 있겠다는 생각이 들었다. 내가 아직 경험해보지 않은 노년의 감각을 상상하며 결국 두 사람의 주장을 어느 정도 납득하게 되었다.

송파구에는 보증금 1억원으로 이사할 수 있는 전세 매물이 없었다. 더욱이 LH전세임대주택으로 집을 구하면 절차가 복잡하기 때문에 금액이 맞아도 집주인이 거절하는 경우가 많아 계약 가능한 매물이 더 없었다. 부동산 어플을 켜 시세를 살펴보았다. 보증금 1억으로는 원룸 전세도 구하기가 어려워 보였다. 동네 부동산마다 전화를 돌려보았지만 그돈으로는 힘들 것 같다는 대답만 돌아왔다. 드물지만 적극적으로 매물을 알아봐주는 공인중개사를 만나면 괜히 감사한 마음까지 들었다. 하지만 집이 하나 나왔으니 빨리 와보라는 공인중개사의 전화에 부리나케 가보면 대부분 반지하이거나 지금 사는 집보다 훨씬 열악한 주거 환경이어서 선뜻 계약하겠다는 말이 안 나왔다. 결국 지역을 확장해 강동구 일대까지 돌아보기 시작했다. 강동구라면 부모님이 처음 서울에 왔을 때 정착했던 지역이었고 오랫동안 산 동네였기 때문에 두 사람도 반대하지 않았다. 강동구는 다행히 송파구보다 매물이 더 나오는 편이었다. 천호동 재개발 지역 인근의 매물 가운데 비교적 지하철역과 가까운 집을 찾았다.

최종적으로 후보에 오른 집은 빨간 벽돌의 '미니 3층' 주택의 1층이었다. 연식이 오래되었지만 1층 전체는 다 사용할 수 있었고, 마침 앞집은 더 오래된 1층 주택이었기에 창밖이 뻥 뚫려 있어 채광도 괜찮았다. 재개발을 고려해 투자용으로 가지고 있는 주택인지 집주인의 거주지는 아주 멀었다. 하지만 가스보일러가 주방 한편에 설치되어 있는 것은 상당히 괴상하고 위험해 보였다. 부동산에서는 오래된 주택은 이런 경우가 종종 있다며 가스 누설 경보기가 잘 설치되어 있고 주기적으로 도시가스회사에서 점검하니 괜찮다고 했다. 집주인을 설득해 화장실 변기와 세면대는 새것으로 교체하기로 했다. LH전세임대주택은 매물을 찾기가 어려울 뿐만 아니라 법무사의 검토를 거쳐야 하기 때문에 일반 전세 계약보다 과정이 복잡했지만, 다행히 친절한 공인중개사 아저씨 덕분에 무사히 계약을 마칠 수 있었다. 어느 정도 시혜적인 태도가 섞여 있었지만 말이다. 그래도 아예 매물이 없다고 문전박대하는 다른 부동산을 생각하면 감지덕지였다.

부모님 집 계약을 무사히 마쳤으니 이제 내 차례였다. 독립할 집을 알아보기 시작했다. 내가 마련한 보증금은 최대 1,000만 원이었고, 프리랜서 생활에 어느 정도 적응은 했지만 고정 수입이 마땅히 없었기 때문에 감당할 수 있는 월세는 40만 원 내외였다. 졸업한 학교 인근으로는 돌아갈 생각이 없었다. 노년의 부모님과 너무 멀리 살면 건강 상태를 체크할 수 없겠다는 K-장녀의 본능도 꿈틀거렸다. 그 결과 내가 살 곳으로 광진구가 먼저 눈에 들어왔다. 지하철 5호선으로 부모님 집까지 30분 내외로 이동이 가능하면서 강 건너 있기 때문에 심리적 거리감도 확보되기 때문이었다. 하지만 2017년 무렵 광진구의 평균 원룸 월세 금액은 보증금 1,000만 원에 월세 50~60만 원대였다. 학교 근처에서 보증금 500만 원에 월세 30만 원을 주고 살던 것과 비교하면 두 배는 높은 가격이었다. 내가 원하는 월세 금액으로 이사할 수 있는 집은 이름만 원룸인 고시원 크기의 방이거나 옥탑방이었다. 바닥 난방이 들어오지 않고 지붕의 모양을 따라 천장에 굴곡이 있어 허리를 펴고 서 있을 수 없는 옥탑방이 가장 나은 매물이었다. 이렇게 독립의 꿈은 무너지는 것인가? 내가 홀로 살 곳은 정녕 없는 것인가? 부모님 집을 구하러 한참을 고생한 끝에 또다시 같은 일을 연달아 겪으니 심리적 타격이 더 컸다.

부동산 어플을 켜고 지역을 서울 전체로 확대했다. 내가 원하는 금액 대에 가장 많은 매물이 있는 곳은 시내 중심에서 먼 지역이었다. 내가 주로 활동하는 지역은 종로구와 마포구이기에 어디로 가야 할지 가늠이 되지 않았다. 그러다가 전혀 생각지도 않았던 은평구의 원룸이 눈에 들어왔다. 보증금 1,000만 원에 월세 40만 원, 관리비 없음, 베란다 있음, 역까지 도보 3분 거리, 2층, 불광천 인근, 풀옵션, 반려동물 고양이 가능, 그런데 7평!? 지금까지 봤던 원룸과는 차원이 다른 크기였다. 대부분 원룸은 4평에서 5평이었다. 나는 당장 지하철을 타고 한 시간 반 거리에 위치한 매물을 보러 갔다. 집 앞에는 편의점과 반찬가게, 백반집, 카페가 있었고 가장 중요한 베란다가 있었다. 침대 위에 빨래건조대를 올리지 않아도 옷을 말릴 수 있다는 거였다. 내 눈을 의심하며 엄마에게 연락을 했다. 엄마는 퇴근 후에 바로 방을 보러 왔다. 엄마도 나도 이 매물 말고 더 나은 집을 찾기는 어려울 거라는 확신이 들었다. 부모님 댁과 너무 멀지만 K-장녀의 책임감은 사라지고 다시 원가족으로부터 도피하고자 하는 욕구가 스멀스멀 올라왔다. 집주인은 전라도에 살고 있다고 했다. 공인중개사가 대리로 계약을 진행했고 바로 이사 날짜를 협의했다.

부모님 집 이사가 임박하기 전에 필요한 것들을 하나둘 준비했다. 전세임대주택을 지원받을 시에는 도배와 장판 교체 비용을 함께 지원받을 수 있었다. 인테리어 업체도 LH주택공사의 승인을 받아야 하기 때문에 부동산에서 이 과정을 소화해줄 업체를 연결해주었다. 문제는 이사 전날 일어났다. 전 세입자가 이사를 나가고 기존 벽지를 뜯어내니 벽면 두 쪽이 곰팡이로 뒤덮여 있었던 것이다. 일하러 왔던 인부 아저씨들은 고개를 저으며 이건 어떻게 할 수 없다며 자리를 떠버렸다. 다음날이 당장 이사인데 눈앞이 캄캄해졌다. 알고 보니 몇 년 전, 윗집에서 누수가 있었는데 이후 벽지를 교체하지 않아 생긴 문제였다. 집주인은 누수를 잡았기 때문에 별문제는 없을 거라고 잡아뗐다. 인테리어 업체 사장님이 와서 상황을 보더니 곰팡이 제거를 할 수 있는 사람이 당장 없으니 본인이 작업을 진행하고 아까 가버린 인부 아저씨들을 다시 불러 마무리를 하겠다고 했다. 벽지도 곰팡이 방지용으로 교체해야 했다. 결국 LH의 지원금액을 훌쩍 뛰어넘는 추가 비용을 지불하고서야 공사를 마칠 수 있었다. 과연 이 집은 부모님의 노후를 책임질 수 있을 것인가? 의구심이 밀려왔다.

로또보다 어렵다는 임대주택 당첨기

부모님과 나는 생활권이 완전히 분리되었고 각자의 일상에 적응해갔다. 부모님은 처음 서울에 상경했을 때 정착했던 강동구로 돌아간 셈이 되었다. 내 원룸의 이삿짐 정리를 마치고 날씨가 풀릴 때쯤 지금까지 아빠를 내 자취방에 초대한 적이 없다는 것을 깨달았다. 처음으로 부모님을 두 분 다 초대해 식사를 대접했다. 막상 각자 살림을 꾸리고 나니 아빠는 더 이상 나와 함께 살 일이 없을 거라는 생각이 들었는지, 다시 집으로 들어올 생각은 없냐고 되물었다. 그 뒤로 분기에 한 번씩은 부모님을 집으로 초대했고, 나도 부모님 집에 자주 놀러 갔다. 그러는 사이 영화를 개봉하고, 부지런히 프리랜서 생활을 이어나갔다. 먼 지역에 살아 얼굴을 모르는 집주인은 재개발을 기다리다가 지쳐 집을 매물로 내놓았고, 한 번도 집에 방문한 적 없는 40대 부부가 새 집주인이 되었다. 꼬박

꼬박 월세를 내고, 공과금을 내는 사이 시간은 빠르게 흘러 재계약 일자가 다가오고 있었다.

1인 가구로 분리하고 나서 나 역시 LH청년전세임대주택 지원 조건에 해당이 된다는 것을 알게 되었다. 만 19세 이상 39세 이하 청년, 본인과 부모의 월평균 소득이 전년도 도시 근로자 가구당 월평균 소득 100% 이하(2019년 기준 3인 이하 5,401,814원), 본인이 세대주인 가구로 예술인복지재단의 '승인'을 받은 예술인이라 3순위 입주자 신청이 가능했다. 집 계약이 만료되기 한 달 전, 임대주택 지원자로 선정이 되었다. 또 이사할 집을 알아보기 시작했다. 이번에는 욕심이 생겨 방과 거실, 주방이 분리되어 있는 집이면 좋겠다는 생각이 들었다. 전세 지원 한도액은 최대 1억2천만 원이었다. 문제는 그사이에 전세 시세가 또 올랐다는 것이었다. 좀 더 많은 정보를 얻고자 청년주택 정보 카페에 가입해 전세임대 매물을 취급하는 부동산을 중심으로 매물을 알아보기 시작했다. 여성이 혼자 살기에는 안전하지 않은 집들이 많았다. 너무 외진 골목에 위치하거나 집 앞이 어두컴컴하거나, 지하철역에서 먼 곳이 대부분이었다. 겨우 마음에 드는 집을 가계약하고 나면, 집주인이 임대주택의 복잡한 절차 탓에 마음을 바꾸어 계약을 파기하는 일이 반복되었다. 가진 돈을 모두 끌어모으고 소액 대출을 받은 끝에 임대보증금 규모를 늘렸다. 몇 주 동안 마음고생하고 은평구 일대를 발품 팔며 돌아다닌 끝에 서울 끝자락에 있는 1억4천만 원짜리 투룸 전셋집을 구할 수 있었다. 입주 날짜에 잔금을 넣고 나니 통장 잔액이 거의 0원으로 수렴했지만, 내 인생 처음 살아보는 전셋집이라는 사실에 감동이 밀려왔다.

나는 본격적으로 주거지원 정책을 알아보기 시작했다. 많은 프리랜서 지인들이 청년전세임대주택이나 매입임대주택에 살고 있다는 것도 알게 되었다. LH공사와 SH공사 어플을 설치하고 공고가 뜨는 것을 눈여겨보았다. 부모님의 집 때문이었다. 시간이 갈수록 벽지에는 곰팡이가 더 번졌고, 섀시가 고장 나 창문이 잘 열리지 않았다. 노인의 동선을 고려해 만든 집이 아니었기 때문에 문턱이 들쑥날쑥 제멋대로였다. 어느 날부터는 바퀴벌레들이 하나둘 생겨 해충 방역 업체를 불러야 했다. 기회가 되면 부모님을 천호동 집에서 탈출시켜야겠다는 목표가 생겼다. K-장녀의 책임감이 또 발동됐다. 2020년 상반기, 나는 국민임대주택 공고가 뜨자마자 부모님을 설득하기 시작했다. 국민임대주택은 무주택구성원 가구 중 소득 및 자산보유 기준에 해당하는 세대에 저렴한 가격으로 임대주택을 임대해주는 제도였다. 부모님은 만 65세 이상 고령자, 기초생활수급자, 인접지역 거주자에 모두 해당이 되어 비교적 가산점이 높은 편이었다. 지금이 기회였다.

'온라인'이라는 단어가 붙는 것은, 가족 중 유일하게 인터넷 사용이 가능한 내가 모든 일을 진행해야 한다는 것을 의미했다. 자처한 고행길의 시작이었다. 부모님은 공인인증서가 없었다.

온라인으로 접수가 불가능한 경우 직접 방문 접수가 가능한 기간이 따로 정해져 있었다. 부모님에게 공인인증서의 의미를 제대로 설명해내지 못한 나는 방문 접수 당일 오전, 아빠와 SH공사 본사 로비에서 만났다. 현장에는 나처럼 부모님을 모시고 온 자녀들이 바글바글했다. 모두 부모님에게 공인인증서가 없는 사람들이었다. 내 또래에 비해 부모님 연세가 열 살은 더 많았기에, 자녀들은 대부분 40대 초중반으로 보였다. 그들과 내적 친밀감을 느끼며 아빠가 신청서를 제대로 작성하는지 확인했다. 현장 접수를 하러 오는 수고에 비해 신청 과정은 단순했다.

몇 주가 지나서 1차 서류전형에 통과했다는 것을 홈페이지에서 확인할 수 있었다. 보통 성씨만 공개되고 익명으로 기재되어 있어 본인 확인을 하기 어렵지만, 마씨 성은 드물기 때문에 바로 아빠라는 것을 알아챌 수 있었다. 부모님은 아직 등기를 받지 못해 통과 사실을 안내받지 못한 상황이었다. 하루가 지나고 이틀이 지나도 등기가 도착하지 않았다. 결국 마음이 급해진 나는 온라인에서 필요한 서류 목록을 정리해 엄마에게 문자를 보냈다. 엄마는 그 내용을 다시 종이에 받아 적어 아빠에게 건네주었다. 다음날 아빠는 하루 종일 필요한 서류를 떼러 다녔다. 공인인증서가 있으면 온라인 발급을 받고 인쇄해 한 시간 안에 준비를 마칠 수 있었을 테지만, 아빠는 주민센터와 국민건강공단을 오가며 하나씩 발급받은 끝에 서류들을 우편으로 보냈다.

임대주택 최종 발표는 계절이 바뀌고 도대체 언제쯤 발표가 나는지 답답해질 무렵이 되어서야 나왔다. 지난한 기다림 끝에 부모님은 국민임대주택에 당첨되었다! 로또에 당첨이라도 된 듯 엄마도 아빠도 나도 환호성을 질렀다. 11월 6일 저녁이었다. 최종 계약일시는 11월 18일에서 20일 사이였다. 2주 이내로 보증금 대출을 알아봐야 했다. 최종 계약 역시 온라인을 통해 모두 가능했지만 우리는 직접 방문 계약을 하러 가야 했다. 계약금을 인터넷뱅킹으로 이체하고 휴대폰 인증으로 로그인을 한 뒤 공인인증서로 전자계약을 체결하는 방식이었기 때문이다. 최종 계약일까지 최소 임대보증금인 약 5천만 원을 구해야 하는 게 문제였다. 여러 가지 방안을 찾아보고 이번에는 국민임대주택 카페에 가입해 게시글을 찾아보았지만, 기초생활수급자에게 당장 대출을 해주는 은행은 거의 없었다. 사회적 배려 대상자를 위한 전세자금보증제도가 있었지만 최대 대출 가능금액은 약 3,000만 원 정도로 계약금에 못 미치는 금액이었다. 눈앞이 캄캄해졌다. 부모님은 그냥 계약을 포기하자고 했다. 아무렇지 않은 척했지만 둘 다 실망스러운 기색이 역력했다.

일단 부모님을 설득할 요량으로 당첨된 아파트에 직접 방문하기로 했다. 최종 계약을 하기 전 입주 예정자들은 아파트에 방문해 수리할 곳을 체크할 수 있었다. 방문 예약 역시 온라인으로 진행되었다. 이것도 내 몫이라는 소리였다. 입주센터에서 방문자 목록을 작성하고 이동하려는데 옥신각신하는 소리가 들렸다. 얼핏 들어보니 당첨자 본인이 고령의 환자이기 때문에 걸을 수 없어 차에서 기다리고 있는데 어떻게 직접 와서 서명을 하라는 거냐는 거였다. 저 사람들은 어떻게 하려나 궁금했지만 결말을 보지 못하고 당첨된 호수로 이동했다. 부모님은 과거에 새 아파트에 입주해본 경험이 있었지만, 나는 모든 것이 처음이었기에 구경할 것 투성이였다. 엘리베이터를 타고 집에 올라가다니! 어떻게 해서든 이곳에 부모님을 입주시켜야겠다는 결의에 불타올랐다.

열려 있는 현관문을 지나 거실로 들어서는 순간 우리 세 사람은 모두 소리를 질렀다. 생각보다 집이 너무나 넓고 깨끗했을 뿐만 아니라 최첨단 시스템들이 갖추어져 있었다. 발에 걸리는 문턱이 없었고, 미세먼지를 측정하는 기능까지 내장되어 있었다. 게다가 운 좋게 높은 층수에 배정이 되어 창밖 풍경이 근사했다. 요즘 아파트단지는 주차장이 모두 하나로 연결되어 있다더니 지하 주차장이 광활하게 펼쳐져 있음은 물론이었다. 엄마와 아빠는 내심 임대주택이라는 말에 아파트가 노후했거나 비좁을 거라는 선입견을 가지고 있었던 모양이었다. 두 사람은 이미 입주를 한 것처럼 수리가 필요한 곳들을 체크하며 나에게 빨리 대출을 알아봐 달라며 신신당부를 했다. 우리는 기념 사진을 찍었다.

그날부터 어떻게 하면 대출을 받을 수 있을지에 대한 진지하고 실질적인 논의가 시작되었다. 여러 가지 키워드를 조합해가며 검색한 끝에 해당 국민임대주택 카페와 연결되어 있는 대출 상담 서비스가 괜찮다는 정보를 알게 되었다. 조건에 맞는 대출 상품을 소개해주고 대출상담사와 연결해주는 일종의 플랫폼이었다. 금융권마다 이자율 차이가 커서 입이 떡 벌어졌다. 어떤 곳은 8%의 금리를, 또 어떤 곳은 9%의 금리를 불렀다. 결과적으로 며칠간 마음고생을 한 끝에 5% 미만 선에서 계약금까지 대출이 가능한 제2금융권 상품을 찾았다. 금융권 직원이 직접 방문하여 대출 서류를 작성하게끔 도와준다고 했다. 최종 계약을 며칠 앞두고 나와 아빠 그리고 금융권 직원의 3자 대면이 이루어졌다. 써야 하는 서류 뭉치가 상당히 두꺼웠다. 아빠가 펜을 들고 서류를 작성하다가 한 글자를 틀리면 다시 처음부터 서류를 썼다. 무려 한 시간 반 넘게 서명만 한 끝에 대출 심사 신청이 들어갔다. 최종 승인은 당일에 나기 때문에 상담사의 전화를 잘 받아야 한다고 했다.

엄마는 이번에도 집주인 담당을 맡았다. 집주인은 당장 보증금을 반환하기가 어려울 것 같다고 했다. 계약 만료 이전에 나간다고 하니 사실 당연한 반응이었다. 그렇지만 기존에 LH전세임대주택 지원을 받고 있었기 때문에 보증금 전액이 반환되어야 새로 계약이 가능했다. 엄마가 텔레마케터의 기지를 발휘하여 며칠에 걸쳐 설득한 끝에 집주인은 대출을 받아서 보증금을 반환해 주겠다고 했다. 하지만 날짜는 언제가 될지 모르겠다고 했다. 운이 좋다고 해야 할까? 며칠 뒤, 갑자기 안방 천장 벽지가 불룩하게 고이더니 바닥으로 물이 떨어지기 시작했다. 보일러 관이 터져 누수가 된 거였다. 수리 기사가 왔지만 수리가 불가능하다는 진단을 내렸다. 누수가 된 자리에는 빠르게 곰팡이가 자랐다. 며칠 지나지 않아 찢어진 천장 도배지가 검게 번지기 시작했다. 집주인은 건물을 전체적으로 수선해야 하는 상황에 놓였다. 집주인은 보증금을 돌려줄 테니 빨리 이사를 나가달라고 했다. 가장 빠른 입주일은 열흘 뒤인 12월 3일이었다. 졸지에 열흘 이내로 이사를 준비해야 하는 상황이 되었다. 천장이 누수된 게 전화위복이 되기는 했다. 왠지 우리 가족은 항상 이사를 급하게 해야 하는 운명을 타고난 것인가 싶어 헛웃음이 나왔다.

영화를 처음 만들기 시작했을 무렵 싱크대와 변기가 고장 나면서 부모님이 10년 넘게 살던 집의 집주인이 이사를 나가라고 했을 때, 나는 우리 가족에게 어떤 미래가 펼쳐질지에 대해 여러 가지 상황을 상상해보곤 했다. 혹시 집주인이 재건축 계획을 빠르게 추진하여 퇴거를 요청하지 않을까? 집이 철거되는 것을 보면 어떤 기분이 들까? 그러면 우리 가족은 어디로 이사를 갈 수 있을까? 혹시 부모님이 아무 대책 없이 그냥 시간을 보내는 것은 아닐까? 만일 부모님이 큰돈을 벌게 되어 갑자기 아파트로 이사 갈 수 있게 되는 건 아닐까? 아니면 이 인근에 새로 짓고 있는 공공임대주택에 입주할 수 있지 않을까? 나는 부모님에게 현실적인 대책을 강구해보자고 말했지만 오로지 집에 온 신경을 곤두세우고 있지 않으면 임대주택 공고를 챙기거나 까다로운 행정절차를 해결하는 것은 쉬운 일이 아니었다.

집을 짓는 사람 입장에서는 건물이 덜 안전하더라도 건축 규제가 완화되는 편이, 세대 수를 많이 쪼개어 주거 공간이 터무니없이 좁아지더라도 월세를 더 많이 받을 수 있는 편이 수익을 내기 유리할 것이다. 집장사를 하며 부모님이 그래왔던 것처럼 말이다. 자신이 세입자라면 절대 그렇게 하지 않을 일에도 막상 집주인이 되면 돈이 덜 드는 쪽으로 선택해버리고 마는 것이 사람 마음이다. 내 돈으로만 집을 구하려 할 때나 국가의 지원을 받아서 집을 구하려 할 때나 사람답게 살 수 있는 집을 구하기가 쉽지 않았다. 부동산에서도 그 예산이면 어쩔 수 없이 포기해야 하는 것들에 대해서 끊임없이 상기시켜주었다. 이 보증금에 이 월세면 별수 없다고 했다. 수긍할 수밖에 없었다. 그중에서도 안전을 제일 먼저 포기해야 했다. 보일러가 주방 안에 달려 있는 집에서 살아야 하거나 온갖 해충과 곰팡이를 감수해야만 했다. 부모님과 다시 따로 살게 된 이후로 나는 부모님 집에서 하룻밤도 자고 온 적이 없었다. 만약 집이 쾌적하고 깨끗하고 안전한 공간이었다면 부모님 집에 더 자주 놀러 갔을까? 연휴 기간에는 그 집에서 며칠 동안 부모님과 시간을 보냈을까? 가진 것도 없으면서 더 좋은 환경에서 살고 싶다는 것이 불온한 욕심일까? 돈이 없다고 해서 이런 환경에서 사는 게 당연한 걸까?

국민임대주택에 당첨이 되고 입주한 뒤로는 부모님의 생활이 180도 달라졌다. 특히 엄마는 아파트단지 안에 있는 주민 텃밭을 신청해보기도 하고, 주민자치투표에 참여해보기도 하고, 딸이 놀러 와도 미안해하지 않았다. 마음에 여유가 생겼다. 더 이상 집주인 눈치를 보지 않아도 되었고, 자다가 가스에 중독될 수 있다는 불안 속에서 잠들지 않아도 되고, 바퀴벌레와 곰팡이를 걱정하지 않아도 되었다. 훨씬 사람답게 살 수 있게 된 것이다. 엄마는 식물을 더 많이 키우기 시작했고, 작은 열대어를 입양해서 미니 수족관을 만들었다. 국가에서 공공임대주택을 더 많이 만들어 사람들의 주거권을 보장해준다면 이렇게 쾌적하고 깨끗하고 안전한 집에서 살 수 있는 거였다. 살아가는 데 필요한 최소한의 조건만 갖추어진다면 누구나 행복하게 지금 살고 있는 집에 만족할 수가 있는 거였다. 부모님은 지금의 생활을 유지하는 데 만족했다. 엄마는 여전히 생활비를 벌기 위해 부동산 텔레마케터 일을 나가기는 했지만 예전처럼 쫓기듯 살지 않아도 되었다. 아빠에게는 마을버스를 타야 지하철역으로 갈 수 있다는 것이 불만사항이었지만 거실에서 보이는 풍경도 좋고 집 주변이 조용해서 잠이 잘 온다며 만족스러워했다. 주거 환경이 바뀐 것 하나로 삶에 큰 안정을 되찾았다.

'내 땅'을 통해 바라본 것들

하루는 엄마가 몰래 계약했다는 내 명의의 땅을 보러 간 적이 있었다. 명색이 내 땅이라는데 한 번은 눈으로 확인하고 싶었다. 내 땅은 경기도 이천에 위치해 있었다. 등기부등본을 보고 주소를 검색했다. 동네 이름이 나에게는 매우 생소했다. 인터넷에서는 투자 가치가 괜찮은 지역인지 갖가지 정보를 꽤 찾아볼 수 있었다. 인근 아파트의 '갭투자'부터 시작해서 역세권 인근의 토지 매매까지 투자의 카테고리도 다양했다. 솔직히 허위 정보이거나 광고이려니 했다. 엄마가 이 땅을 안 샀다면 내가 학자금대출을 받지 않았거나 전세임대주택으로 갈 때 보증금에 더 보탤 수 있을 텐데, 하는 아쉬움이 더 컸다.

친구들과 함께 고속도로를 타고 서울을 빠져나갔다. 이천에 가는 김에 이천쌀밥정식도 먹고, 오랜만에 떠나는 드라이브를 즐겼다. 땅 주소를 내비게이션으로 검색해서 따라갔는데 산길이 나왔다. 이런 곳에 있는 땅을 샀다니, 엄마가 잘못된 투자를 한 것이 분명하다는 의구심이 짙어졌다. 그런데 갑자기 지은 지 얼마 안 되는 기차역 건물이 나오더니 여기저기 덤프트럭이 오가는 모습이 보였다. 아스팔트 도로를 새로 깐 곳도 있었고, 필지를 나누는 구획정리사업이 진행 중인 곳도 있었다. 저 멀리 고속도로와 대기업의 공장 부지가 보였다. 갑자기 마음이 설레었다. 공사장과 새 도로를 지나 작은 언덕을 넘으니 밭이 나왔다. 등본에 나와 있는 주소였다. 이게 내 땅이라니? 나는 엄마에게 전화를 걸었다. 엄마는 이곳의 개발 현황에 대해 설명해주었다. 최근에 알아보니 이제 땅값이 오를 날이 얼마 남지 않았다고 했다. 나는 이미 명당을 가지고 있는 사람처럼 웃었다. 그게 수십 억의 로또 당첨금도 아닌데도 신이 났다. 엄마 말대로 땅값이 오르면 학자금대출을 갚고 좀 더 나은 집에서 돈 걱정 없이 살 수 있겠다는 막연한 희망이 부풀어올랐다.

나는 땅에 대한 헛된 희망을 가지고 있는 부모님을 시종일관 비판적인 시선으로 바라봤다. 내가 하면 투자고, 남이 하면 투기라는 식의 이중 잣대도 마음에 들지 않았다. 일확천금의 행운을 우연적으로 노리는 태도가 비윤리적으로 느껴졌다. 투기의 수단은 땅에서 아파트로, 아파트에서 오피스텔로, 오피스텔에서 호텔로, 때론 주식으로, 코인으로 끝없이 그 모양을 바꾸며 진화해

왔다. 그중에서도 부동산 타령을 하는 부모님이 지긋지긋했다. 그런데 이제 와서 내 땅 앞에 서니 부모님의 마음을 조금은 알 것 같았다. 나는 왜 계속 웃고 있는 걸까? 왜 기대가 차오르는 걸까? 이러면 안 되는데, 기뻤다. 이 땅이 개발될 가능성이 있다니! 실제로 주변의 풍경을 보니 언젠가는 내 땅도 진짜 개발이 되겠구나, 하는 확신이 차올랐다.

상상만 해도 이렇게 기대감이 드는데 실제로 그런 일이 벌어졌다면 어땠을까? 6배 오른 땅값을 손에 쥐고 다른 땅을 사고, 또 사고, 집을 짓고, 또 짓고, 이런 식으로 돈이 들어왔다면 어떤 기분일까? 세상이 내 마음대로 돌아간다는 생각이 들지 않았을까? 혹은 남들은 다 그렇게 돈을 벌고 있는데 나만 그런 횡재를 누리지 못한다는 억울한 마음이 들까? 잠시나마 기뻤던 감정을 뒤로하고 돌아오는 차 안에서는 마음이 복잡해졌다. 사람의 마음이 어찌나 간사한지 남의 일일 때는 쉽게 비난할 수 있었는데 내 일이 되니 그러기가 쉽지 않았다.

처음 우리 가족의 이야기를 기록해야겠다고 생각했을 때 나는 부모님을 인간 대 인간으로서 더 알아보고 싶다는 마음에서 인터뷰를 시작했다. 연을 끊다시피 하며 살았던 아빠가 왜 대낮에 종로를 거닐고 있는 것인지 궁금했고, 엄마는 하필 많고 많은 직업 중에 부동산을 파는 사람이 되었는지 궁금했다. 그리고 부모님의 이야기를 들으면서 두 사람의 삶이 한국의 도시개발사와 촘촘하게 교차하고 있다는 것을 알게 되었다. 개인사를 그 시대의 맥락 속에 위치시켜 본다는 것은 부모님이 겪어온 삶의 지형을 다층적으로 이해할 수 있게 해주었다. 중산층이었던 우리 가족은 왜 하루아침에 추락한 걸까? 부모님은 왜 부동산에 집착하는 걸까? 나는 왜 사춘기 시절 상대적 박탈감에 시달렸던 걸까? IMF 외환위기가 우리 가족에게 어떤 영향을 미친 걸까? 마음속에서 무수히 생겨났다 없어지길 반복했던 질문들에 대한 답을 찾고 싶었다.

그리고 IMF 외환위기를 극복했다는 신화 뒤에 남겨진 사람들에 대해 말하고 싶었다. 어린 시절 갑자기 좁은 평수로 집을 이사 가야 했거나, 양육자가 정리해고로 직업을 잃었거나, 중소기업 사업체를 운영하다가 부도가 났거나, 양육자 중 특히 어머니가 실질적 가장이 되어 집안의 생계를 책임지기 시작한, 어떤 형태로든 정상가족이 해체되는 경험을 하며 자신의 속사정을 가까운 친구에게도 말하지 못했던, 끝없이 치솟는 아파트값을 보며 더 이상 내 집을 가지지 못할 거라고 체념해버린 이들을 만나고 싶었다. 절대 무너지지 않을 것 같은 조건들 위에 단단히 발을 딛고 서 있다가도, 그 땅이 언제든 다시 무너질 수 있다는 것을 경험해본 사람들과 경험을 나누고 싶었다.

탐구의 과정을 따라가다보니 어느 순간 부모님은 물론 나의 욕망까지 더 잘 들여다볼 수 있게 되었다. 요즘도 나는 컴퓨터를 하다가 문득 나에게 땅이 있다는 사실이 생각날 때마다 혹시 이천에 새로운 개발 정보가 있나 검색을 해보곤 한다. 끊임없이 발버둥 쳤지만 경제적인 문제는 늘 나를 무겁게 짓눌렀고 나 역시 지금보다 조금 더 잘살고자 하는 욕망에서 자유로울 수는 없다. 하지만 내가 진정으로 바라는 것은 땅값이 천정부지로 올라 일확천금을 누리는 것이 아니라 조금 더 나은 주거 환경에서 안정적으로 마음 편히 사는 것이다. 부모님이 국민임대주택에 입주하고, 나 역시 청년전세임대주택에 살면서 공공주택의 효용을 많이 체감하게 되었기 때문일까? 방 한 칸에서 사는 것과 주방과 침실이 분리된 집에서 사는 것은 내 일상에 큰 변화를 가져왔다. 보일러 가스가 샐 위험이 없는 집에서 잠을 자며 내일을 준비하는 것은 하루의 시작을 다르게 만들었다. 운에 기대는 것은 어쩌면 비슷해 보이지만 아파트에 당첨되기를 바라는 마음과 내 아파트 가격이 오르기를 바라는 마음에는 분명 큰 차이가 있다. 부동산이 주거에 대한 모든 해결방안이 될 수 없는 것처럼 말이다. 사기 위한 집이 아니라 살기 위한 집이 더 많아져야 한다는 말은 도대체 언제쯤 실현될 수 있을까? 집 없이 사는 사람이 훨씬 많은 현실 속에서 우리는 언제쯤 부동산을 뛰어넘어 이 문제를 함께 마주할 수 있을까?

그럼에도 여전히 우리 가족은

지난 몇 년 동안 코로나19 팬데믹이 전세계를 강타하는 동안 강남의 텔레마케터들 사이에 집단감염이 이어졌다. 정해진 계약기간 없이 이 회사, 저 회사 옮겨다니며 일하는 사람들이 많았기에 유행이 빠르게 번졌다. 집합금지로 인해 일을 나가기 어려워지니 월급이 밀리거나, 문을 닫는 회사도 많아졌다. 엄마도 일을 빠지는 날이 많아졌다. 2021년 말에 '위드 코로나'가 조기에 시행되면서 코로나19 감염자가 폭증했고, 때마침 새로운 회사에 출근하기 시작한 엄마는 코로나19에 확진되었다. 감염된 지 며칠 지나지 않아 엄마는 의식을 잃고 중환자실로 실려갔다. 국민임대주택에 살아본 지 1년이 조금 넘었을 무렵이었다. 엄마가 병원에 실려가기 한 주 전 엄마는 이번 분기에도 단지 텃밭 분양에 떨어졌다며 안타까워했고, 언젠가는 꼭 당첨되기를 바랐다. 엄마는 일을 서서히 그만두고 상추와 고추를 심어 소소하게 농작물을 가꾸고 싶어했다. 그리고 내가 단지 주차장을 편하게 이용할 수 있게 비거주 직계가족의 주차장 이용에 동의한다는 주민자치투표 인증샷도 찍어보냈다. 하지만 엄마는 다시 집으로 돌아오지 못하고 지난 2022년 4월 29일에 세상을 떠났다.

엄마가 남긴 유품을 정리하다가 나는 엄마 이름으로 남겨진 땅이 하나 있다는 것을 알게 되었다. 엄마는 끝까지 땅을 믿었던 것 같다. 기록을 좋아하는 엄마의 방에는 수십 권의 노트가 나왔는데 절반가량은 부동산 개발에 대해 공부한 흔적이었다. 기사를 스크랩하고 빼곡하게 정보를 정리한 수첩들이 나왔다. 그리고 내 장롱 안에 숨겨놨던 것처럼 이번에는 엄마의 장롱 깊숙한 곳에서 등기권리증과 계약서를 발견했다. 참 엄마다웠다. 빚이 많은지 재산이 많은지 알 수 없어 고인의 재산 안에서 빚을 갚는 한정승인 절차를 진행하게 되면서 내가 엄마의 빚과 재산을 모두 상속받는 것이니 그 땅은 이제 내 소유가 될 거였다. 이번에는 평택에 있는 땅이었다. 이로서 나는 땅을 두 개나 가진 사람이 됐다. 엄마의 바람처럼 이게 딸에게 남겨주고 싶은 유산이었다면 기꺼이 받기로 했다. 이 땅이 수용되고 개발되어 엄마가 이야기했던 것처럼 땅값이 6배쯤 올랐으면 좋겠다고 생각했다. 그러면 그때쯤 하늘에 있는 엄마가 "거봐 내 말이 맞지?" 하고 웃을 것만 같다.

아빠는 아직도 종로를 오가며 지내고 있다. 여전히 여러 사장님들로부터 전화를 받고 부동산 개발 정보를 알아보러 다닌다. 종로를 떠돌고 있는 사장님들이 다시 부자가 될 확률은 0%에 가까울 것이다. 어쩌면 아빠를 비롯한 다른 사장들도 그 사실을 알고 있을지도 모른다. 지금은 오롯이 아내의 희생으로만 이루어져온 돌봄에서 벗어나 이 남성 노인들이 시내에 모여 점심 한 끼를 해결하고 사회생활을 한다는 것만으로도 사회가 만들어야 할 안전망을 스스로 구축해나가고 있는 것이 아닌가 하는 생각이 든다. 그래서 나는 아빠가 조금 더 오래 종로를 돌아다닐 수 있으면 좋겠다. 종로가 재개발되지 않았으면 좋겠다. 저렴한 식사를 할 수 있고, 머리를 자르거나 염색을 하고, 무더운 여름날에는 에어컨이 있는 작은 커피숍에서 다른 사장들과 에어컨 바람을 쐬며 수다를 떨 수 있게 말이다.

엄마가 혼자 감당하고 있던 가장의 자리 역시 내가 물려받게 된 것 같다. 귀엽고 시끄러운 엄마가 떠나고 여전히 서로 어색하고 무뚝뚝한 아빠와 나 둘이 남았다. 아빠는 오전 열 시가 지나도록 잠을 자는 프리랜서인 내가 이해가 되지 않는지 잠결에 전화를 받으면 "니는 아직도 자나"라며 웃음보를 터뜨린다. 하지만 사춘기 시절의 나와 달리 30대 중반의 나는 아빠와의 소통방식에도 조금씩 익숙해져가고 있다. 예전에는 전화번호도 몰랐지만 지금은 하루에 한 번 안부연락을 하는 사이가 된 것이 격세지감이다. 괴팍하고 가부장적이고 고집불통인 이 70대 남성과 이제는 어떻게든 잘 지내보려 한다.

하지만 이상하고 평범한 우리 가족에게 더 이상 없을 줄 알았던 집 문제가 또 생기고 말았다. 금리가 오르며 전세 수요가 대폭 줄어드는 와중에 집주인이 시장에 역주행하며 전세보증금을 올려야겠다는 거였다. 여러 가지 방편을 알아보던 나는 결국 계약 기간을 다 채우지 못하고 이사를 하기로 했다. 몇 개월 동안 내용 증명을 주고받으며 골머리를 앓았다. 부동산과의 전쟁은 도무지 끝날 기미를 보이지 않는 것 같다. 최근에 전세 사기가 만연한 까닭에 결국 월셋집을 알아보기로 했다. 이사 당일에는 이삿짐을 모두 뺀 상황에서 집주인이 보증금을 돌려주지 않고 잠수를 타버려 이렇게 진짜 전세 사기를 당하는 것인가 망연자실해서 부엌을 점령한 채 기다려야 했다. 끈질기게 전화를 한 끝에 몇 시간 뒤 보증금을 받아냈고 무사히 이사를 마칠 수 있었다. 갑자기 이사를 가야 하는 상황은 여전히 반복되고 있다. 이쯤 되면 운명이라 여기기로 했다.

아빠 역시 이사를 가야 할 처지가 될 것 같다. 아빠가 살고 있는 국민임대주택은 2인 가구를 기준으로 한 평수였기에 재계약이 한 번은 가능하지만 그다음엔 1인 가구가 지원할 수 있는 작은 평수로 옮기는 것이 원칙이라고 한다. 이번에는 정말로 엄마가 아끼던 6인용 식탁을 버려야 할 시간이 올 것 같다.